Claes Hylinger

Ett långt farväl

Aktuella titlar i En bok för alla

Lars Andersson: Snöljus
Sun Axelsson: Drömmen om ett liv
Alexandra David-Néel: En parisiskas resa till Lhasa
Inger Edelfeldt: Rit
B Everling/R Yrlid (red): Jazz
Göran Hassler (red): Bellman
Göran Hassler (red): Bellman II
Maria Hede: Evelyn Spöke
Claes Hylinger: Ett långt farväl
A Jordahl/ M Steinsaphir (red): Avsändare Norden
Bengt Liljenberg (red): Två sidor av samma sund
Inger-Siw Lindell (red): Efterdyning. Berättelser från sjön
Max Lundgren: 21 nästan sanna berättelser
Torbjörn Lundgren: Det skrivna ordets tystnad
V.S.Naipaul: Ett hus åt Mr Biswas
Jan Olof Olsson "Jolo": Årsklass 39
Nino Ricci: Helgonens liv
Anita Salomonsson: Genom tidens handflata
Carol Shields: Stendagböckerna
Margareta Strömstedt: Julstädningen och döden
Stieg Trenter: Roparen
Gösta Åberg (red): De bästa citaten

© Claes Hylinger 1981
Omslag BokMakarna Bohman & Dahlström
Tryckt hos Nørhaven Rotation, Viborg, Danmark 1997
ISBN 91-7448-953-4
Bonniers Bokförlag publicerade originalutgåvan 1981
Ett långt farväl finns som talbok

Claes Hylinger ABC

ABSURT, SA RÄVEN hette ett radioprogram som Hylinger gjorde tillsammans med Magnus Hedlund i mitten av 70-talet.

BECKETT träffade de en vacker sommardag i Paris 1964, över en flaska irländsk whisky. Den ryktbara intervjun publicerades i tidskriften *Komma*, nr 1, 1968.

CLAES fick han heta efter att ha fötts i Göteborg 1943.

DEN RASANDE GRISEN (1971) hette första antologin, med berättelserna *Kiviks marknad* och *Parispoem*, som i omarbetade versioner dök upp i *Dagar och nätter i Paris och Göteborg* (1975).

ETT LÅNGT FARVÄL (1981), en finsk kärlekshistoria i diktaren Tavaststjernas fotspår blev det stora genombrottet.

FÄRDAMINNEN (1973) var en oförglömlig resa med hurtigruten längs Norges kust upp till Nordkap och norska Finnmark, bland diktare, bönder och fiskare.

GURDJIEFF är inte namnet på en gris, utan en författare som Hylinger studerat med största intresse.

HYLINGE var den gamla släktgården där han firade sommarlov tillsammans med drängarna Henning och Bergman.

I KRIG OCH KÄRLEK (1972), debutromanen om en gaggig mans minnen från kriget, tog sex år att skriva, innan den blev Hans Alfredsons favorit.

JEAN FERRYS noveller blev ingången till patafysiken, ett hemligt sällskap med nästan nio miljoner utövare bara i Sverige, grundat av Kung Ubus skapare Alfred Jarry.

KLYSCHAN "kärleksfull pekoralist" har fått kommendör Hylinger att ta upp karaten igen.

LITTERATURHISTORIA kan vara roligt, det visade Hylinger när han med konstnären Harald Lyth reste till Marcel Prousts barndomstrakter i *Spår av Proust* (1984).

MYSTIKEN finner han på de mest oväntade ställen, till exempel i Mark Spitz' mustasch.

NYA DAGAR OCH NÄTTER (1988) är en bok som är svår att klara sig utan, läs novellen *På bio i Damaskus* så förstår ni.

OMSLAGET med en arabisk tändsticksask på är gjort av konstnären Lennart Aschenbrenner, också han fascinerad av det välbekanta och hemlighetsfulla.

PATAFYSISKA antologin *Segla i ett såll* (1987) öppnar portar till Hylingers författarskap, liksom romanerna *Det hemliga sällskapet* (1986) och *Den stora sammankomsten* (1990).

QUENEAU, med förnamnet Raymond, hette en av humoristerna i det Patafysiska Kollegiet med säte i Quartier Latin.

RÖNNELLS ANTIKVARIAT, ett annat tillhåll för patafysikerna, stod värd när *Kvällarna på Pärlan* (1995) lämnade tryckeriet.

SUFISMEN kan påminna om patafysiken i Idries Shahs *Den ojämförlige Mulla Nasrudins bedrifter* (1976), där korta humoristiska episoder lockar läsare ur invanda tankebanor.

TAUBE trängs i Hylingers bokhylla med *Tusen och en natt* i Sir Richard Burtons tolkning.

UTAN anteckningsbok ser man honom inte ens på Avenyn eller Bräutigams café.

"VISSTE FOLK hur långsamt man skriver, skulle de tro att man inte var riktigt klok", sade han i en intervju.

X-MÄRKT är ett experiment vid Stockholms Universitet, som ska lyfta fram de imaginära lösningarna inom oceanografin.

YTAN av Gud är tangeringspunkten mellan noll och oändligheten, visade Alfred Jarry i *Bedrifter och idéer av Doktor Faustroll, Patafysiker* (1911).

ZETTERSTÉNS översättning av *Koranen* använder Hylinger fortfarande, eftersom han endast med möda läser originalet.

ÅKA spårvagn är bland det roligaste han vet. Därför är han *Kvar i Göteborg* (1992).

ÄLVSBORGSBRON syns från hans skrivarlya på Kobergsgatan, liksom SKFs kullagerfabrik där fadern arbetade som ingenjör.

ÖSTGÖTA SÄDES är en av vårt lands förnämsta produkter, sade han till norske diktaren Olav H. Hauge som lät sig övertygas.

Pekka Särkiniemi

Innehåll

Jag, Angelica och Tavaststjerna 7

Vissa hågkomster 103

Lördag morgon Place Pigalle 105
Pappas grogg 106
Knappt en dagsled 107
Det där är jag 109
Han åt upp den 110
I Pariserhjulet 112
Fiskaren 114
Rabarber 116
En rolig historia 118
På Cabarethallen 120
Vad heter du? 122
Drottningen av Saba 123
Ung och djupsinnig 125
Lektorn 127
Prästen på sjukhuset 129
Elstirs visdom 132
En minnesvärd kväll 135
När man älskar 136
En tjener 137
En dag när jag tvättade 138
En orubblig satrap 140
Evert Taube i verkligheten 142

Min hjärtans kär 146
Upp på jökeln 147

Återkomst 149

Jag, Angelica och Tavaststjerna

> Man var tretti år på den tiden, man var både glupsk och själfull. Det är den tiden då man är älskad och hatad, de giftiga pilarnas tid, då man kämpar hårt med livet, med kvinnan och med sig själv för att finna en kurs eller åtminstone komma på en bog som bär ut ur det värsta för stunden.
>
> Evert Taube

I

Jag lämnade Göteborg med en melodi i huvudet. Det var en gammal sång av Hoagy Carmichael med text av Cole Porter:

> *Just one night in old Havana*
> *under the tropic sky.*
> *Just one girl in old Havana,*
> *starlit Cuba and I...*

Satt i restaurangvagnen med en pilsner och den melodin och mådde bra. Jag älskar att åka tåg genom Sverige, lyssna till medpassagerarnas samtal, klunka av mitt öl och se landskapet glida förbi. Särskilt vackert är det mellan Göteborg och Alingsås. Särskilt vackert var det nu i maj.

"Utmärkt, utmärkt", sa min förläggare när jag nästa dag promenerade med honom genom Stockholm och lade fram mina planer på att resa till Finland och skriva om den gamle skalden Karl August Tavaststjerna.

"Utmärkt, utmärkt, han ska bli din Vergilius på din färd genom Finland!"

Karl August Tavaststjerna föddes 1860 på Annila gård utanför St. Michel i mellersta Finland. Han dog 1898 i Björneborg efter ett liv med ständiga ekonomiska svårigheter, nervösa besvär och ogint bemötande i hemlandet. En del av vad han skrev tål att läsas om, mycket var dåligt.

"Jag ska göra en resa genom landet och besöka hans födelseort och de gårdar i Tavastland där han bodde i sin ungdom", sa jag.

"Utmärkt, utmärkt."

Det skulle inte bli mitt första besök i Finland. Jag hade varit där på hösten ett halvår tidigare, bott några veckor i Helsingfors, besett stadens museer och krogar och gjort en ensam tågresa genom det inre av landet.

Det hade varit en vacker höst. Soliga dagar tog jag bussen till Pirkkola idrottsplats, en stor anläggning i Helsingfors utkant med ett mjukt sågspånsspår som var som balsam för min onda hälsena. Men var det mulet gav jag mig in till stan. Mer än en gång flanerade jag på Mannerheimvägen i den tidiga eftermiddagen och just när jag passerade Kalevagatan, där restaurang Kosmos ligger, kände jag hur jag började frysa och gripas av hunger och törst. Jag stannade tveksam. Det var som om krogen talade till mig: Stig in! Fukta din aska!

Jag steg in.

Kristallkronor i taket, tung rysk atmosfär och en gammaldags inredning — en av de sista krogarna i Helsingfors som inte moderniserats. Klockan var ett, gardinerna fördragna mot Kalevagatan och det duggade mot fönstren.

En författare kom in, han slog sig ned vid mitt bord och beställde. Det var Johan Mickwitz, ledig några timmar från sitt jobb på Finska Notisbyrån; och där kom en till, i manchesterkostym och med eftermiddagstidning under armen, han satte sig att läsa högt för oss. Det var någon sorts frågesport: Vem är statsminister i Norge? Vad heter det största borgerliga partiet i Sverige?... I dörröppningen skymtade Helsingin Sanomats ledande litteraturkritiker. Hit kom alla.

En kraftig servitris fyllde på våra glas.

Nu syntes en liten, äldre herre komma skridande in genom dörren, brett leende: Atos Wirtanen, strindbergskännaren, marxisten, aforistikern och filosofen. Han satte sig hos oss och började föreläsa om den finlandssvenska borgerligheten och dunkade ilsket med näven i bordet.

Timmarna gick. Någon bad om sin nota. Stolar skrapade, folk kom och försvann.

Vi observerade att det bars in mat till somliga bord. Middagsgäster bänkade sig i salen. Och vi som hade suttit där så länge hade också blivit hungriga. Vi såg oss om efter betjäning, kallade på en av de moderliga servitriserna, bad om matsedeln och gjorde oss beredda att beställa middag...

Sådär kunde det gå till. Efter två veckor köpte jag en rundresebiljett och tog tåget österut för att få se något annat av Finland. Första uppehåll Villmansstrand vid sjön Saimaas sydspets.

Jag gick genast ut för att leta efter de sevärdheter som markerats i turisthandboken: en ångbåt som inretts till restaurang, ortodoxa kyrkan, några gamla befästningsvallar... Hittade ingenting. Jag vandrade en stund längs Saimens strand, det blåste och var kallt, solen gick redan ned. När jag kom tillbaka till hotellet och bad att få min nyckel satt det en papperslapp fäst vid den, ett meddelande till mig på finska. Underligt... ingen visste ju att jag var där.

— Puhutteko ruotsia? (Talar ni svenska?) frågade jag portieren, som log generat och ruskade på huvudet. Men så försökte han i alla fall översätta meddelandet:

— Herr Karela... inte... Lappeenranta.
— ?
— Herr Karela, började han igen, herr Karela inte Villmansstrand.

Vem var herr Karela? Vad menades? Jag ryckte irriterat på axlarna och gick upp på rummet medan portieren log uppgivet.

Ännu när jag en timma senare slog mig ner i matsalen förföljde mig herr Karela i tankarna. Vad kunde det vara för en? Och hur visste han att jag var där?

Stekt lax till middag. På kvällen drog jag omkring en stund på de tomma gatorna, lade mig tidigt och ångrade att jag hade lämnat Helsingfors.

Nästa förmiddag tilltalades jag på torget av två unga män från Finlands radio. De ställde en lång fråga på finska, förmodligen om kommunalvalet, och höll fram mikrofonen. Jag svarade artigt något, och mitt svenska språk utlöste en hysterisk uppsluppenhet. "Inte... talar... svenska..." kiknade de två unga männen.

Jag tog tåget och for vidare österut.

Det blev en ensam och tyst resa genom Karelen och Savolax. Jag gjorde uppehåll i Parikkala nära ryska gränsen, i Joensuu, som var norra Karelens huvudstad, och i Kuopio i Savolax. Höstfärgerna i skogarna lyste, en och annan gumma i huckle kom ombord på tåget och sålde karelska piroger. Landskapet och samhällena var ganska lika Sverige, tyckte jag. Folket var kanske litet annorlunda.

Särskilt minns jag Ylivieska. Jag var på väg från Kuopio till Gamlakarleby i Österbotten en kväll och tvingades till tre timmars uppehåll i Ylivieska på grund av tågbyte. Jag hittade då ett näringsställe, där gästerna delades upp redan vid ingången: de välklädda och nyktra fick gå en trappa upp till den finare restaurangen, de övriga slussades in i en enkel lokal med nakna bord och träbänkar. Iklädd ylletröja, jacka och norska joggeskor var det ingen tvekan om var jag hamnade. Men här var det trevligt. Äldre och medelålders alkoholister satt och svepte starka groggar, unga män hävde öl och bjöd sina damer på campari, och blyga tonårsflickor drack saft och fnissade.

Någon la en slant i juke-boxen och det blev dans. Gubbarna släppte sina groggar och vinglade

bort och bjöd upp bland småflickorna. För det
mesta nobbades de, men ibland fick de ja under
högljutt fnitter. Och de gled ut på golvet på ostadiga
ben och svepte runt i tango på gammaldags
maner, tappade takten, återfann den, dansade
leende med slutna ögon och lyckades knuffa alla
som kom i närheten. Alla hade stövlar på sig,
minns jag, för det regnade ute. Ah, det rådde en
stämning i denna lokal, en vänlig och förtrolig
stämning som tilltalade mig så starkt, att det var
med största ovilja jag bröt upp för att fortsätta med
tåget.

Anlände till Gamlakarleby först klockan ett på
natten. Detta var svenskbygder igen. Här kunde jag
åter börja tala med folk. Så jag bytte några ord
med den sure nattportieren, men det gjorde mig
bara på dåligt humör. Jag gick upp på mitt rum
och satte mig i fåtöljen och tänkte tillbaka på min
tysta resa och på Ylivieska och mycket annat — och
jag satt som i djupaste frid.

Och mitt öga var lugnt, och min panna var klar,
och jag somnade därvid.

Men nu var det försommar och jag förberedde mig
för min andra finlandsresa. Jag gick omkring i
bokantikvariaten i Stockholm och frågade efter
böcker av Tavaststjerna och fick huvudskakningar
till svar. Det är sällan någon frågar efter honom, sa
man. Jag for med Svea Regina, badade bastu och åt
smörgåsbord. Delade hytt med en blond finlands-

svensk ingenjör som hette Grönlund eller Granlund.

På kvällen såg jag denne Grönlund dansa foxtrot i nattklubben med en vitklädd dam. Själv satt jag då i baren med en vodka och lingondricka och tittade mig omkring. Denna båt var på väg till Helsingfors. Jag var trettio år.

Vad man sällan tänker på, när man går och lägger sig om kvällen, är att man aldrig vet om man kommer att stiga upp nästa morgon. Inte heller denna kväll tänkte jag på det, när jag lätt berusad la mig i hytten — jag hade planerat att stanna flera veckor i Finland — och hade turen att vakna frisk och sund nästa morgon, medan båten sakta gled in mot Helsingfors.

Jag duschade, bytte några ord med den finlandssvenske ingenjören, åt frukost och gick i land. Det var en solig morgon i juni.

På hotell Gustav Vasa tog jag in. Spårvagn nummer sju gick in till centrum. Hållplatsen omsvärmades av "poligubbar", d.v.s. hemlösa alkoholister, som tiggde pengar av spårvagnspassagerarna. De kallas poligubbar, därför att de påstås dricka polityr när inget annat finns att tillgå. Här låg en Alkobutik strax bredvid, och jag gav dem inte sällan en mark eller två till en flaska surt vin.

I Helsingfors antikvariat saknades inte böcker av Tavaststjerna. Inom ett par dar hade jag fått tag på det mesta han hade skrivit, ett tjugotal volymer och flera av dem i förstaupplagor. Allt var förstås inte bra. Han var sällan tråkig att läsa, men ofta dålig. Han hade sina idéer om sig själv och världen: han ansåg sig missförstådd och motarbetad, hans rena själ hade krossats, det löfte som barndomen och den första förälskelsen tänt hade slocknat och han var ett offer för en kall och materialistisk omvärld.

Men hans dilemma var snarare att han inte lyckades vara någonting helt och fullt. Genom hans ungdomsdikter hörs en gnällig gubbröst; hans mognare arbeten skäms av formella slarvfel, barnsligheter och enkla poänger. Han saknade tålamod. Han betraktade sig själv som en drömmare och fantasimänniska, illa behandlad av verkligheten. I sina dikter var han poetiskt skir och känslosam, privat var han rädd för att visa sig romantisk eller sentimental. Han var också finnen som vantrivdes i hemlandets "kvalm" och längtade ut — och han var resenären som älskade Finland över allting...

En eftermiddag stötte jag ihop med en bekant, Jesper, utanför Kosmos. Jesper hade ständigt bråttom, antingen till en föreläsning eller till en krog, så han var ofta litet andfådd. Nu var det krogen som var målet och han skyndade flämtande in på Kosmos, jag följde efter, och därinne satt en annan bekant, Timo, och läste sina eftermiddagstidningar och drack sitt eftermiddagsöl. Jesper slog sig ned bredvid honom och jag mitt emot. Frid lägrade sig över bordet; lugn tillfredsställelse utstrålade alltid från dessa båda herrar när de fick sitta med tidningar och öl och andas den rogivande krogluften.

Timo hade en arbetslägenhet som stod tom. Där kunde jag få bo, det var inga problem. Och nästa dag lämnade jag Gustav Vasa och flyttade in på Docksgatan i södra delen av Helsingfors, nära Västra hamnen. Där fanns vad jag behövde, badrum med dusch, ett stort skrivbord, ett kök med kylskåp. Jag satt där och läste Tavaststjerna när jag kom hem om kvällarna och såg genom fönstret månen hänga över vattnet den korta stund det var mörkt. Vi hade bara ett par veckor kvar till midsommar.

II

Arton år gammal kom Karl August Tavaststjerna till Helsingfors och började som elev på Polytekniska institutets arkitekturavdelning. Det var på hösten 1878. Han blev mycket omtyckt i kamratkretsen, eftersom han var gladlynt, musikalisk och poetiskt begåvad. Men det var något i hans väsen, berättar en av dem som var med (Werner Söderhjelm), som gjorde att kamraterna inte gärna anförtrodde sig åt honom; han var envis i sina åsikter och använde en ironisk ton när man diskuterade allvarliga saker. Och språkstriden mellan fennomaner och svekomaner — den tidens hetaste fråga i Finland — viftade han bort såsom föga intressant.

En av dem som umgicks med honom vid denna tid var Karl Flodin, blivande musikkritiker och tonsättare. Han skulle minnas honom så:

"Han föreföll mig vinddriven, ovårdad och 'oestumerlig', som det heter på god nyländska. Jag såg en kortväxt, undersätsig yngling med uppnäsa, tunt, lingult hår, rödkantade, spefulla ögon och någonting oroligt, ehuru på samma gång kraftigt och medvetet över sig. Han talade i korta satser, på ett egendomligt staccatomaner, och vad han sade tycktes mig vittna om ett djupt förakt för allt utom segelsport, skridskosport, kamratlag och kvinnor."

Flodin tyckte genast illa om denne slarvige polytekniker. Ändå föreföll han honom begåvad, fast det var svårt att säga vari begåvningen bestod. Han tycktes lik sin farbror, sångaren och musikern August Tavaststjerna, som Flodin känt till sedan barndomen och alltid betraktat som ett brustet geni. "Även hos honom (Karl August) tyckte jag mig spåra någonting sönderbrutet, ofullgånget och något som stod i evig strid med sig självt."

Att Tavaststjerna var skald — "ta mig tusan en stor skald!" — upptäckte Flodin till sin häpnad en eftermiddag på Sundholms konditori, när de satt där i rummet till vänster om buffetrummet, med pianinot vid dörren och de mörkröda schaggsofforna och marmorborden, och kom att tala om poesi. Då erbjöd sig Tavaststjerna att läsa några verser som han skrivit. Han läste bland annat *Förtonande, veka röster*, som skulle ingå i debutboken *För morgonbris*.

"Han läste entonigt, med ett hoppande, lågmält tonfall. Rösten ljöd allvarsam. Ej ett spår av gäckeri fanns i den."

> Förtonande, veka röster
> från barndomens fabelland
> ett slumrande eko väcka
> i svärmarens bröst ibland...

Sundholms konditori finns väl inte kvar längre, jag stötte i varje fall inte på det under mina promenader i Helsingfors. Men Ekbergs konditori med dess marmorbord besökte jag ibland och Fazers med dess mörkröda schaggsoffor.

Jag flanerade en hel del. Årstiden, vädret och min sinnesstämning inbjöd till det. Tog jag till vänster, när jag steg ut på Docksgatan, så kom jag strax ner till havet och kunde gå österut längs stranden, svalkad av vinden från Finska viken, runt Brunnsparken, norrut förbi Siljabåtarnas kajplats och fram till Salutorget. Tog jag däremot till höger på Docksgatan fick jag leta mig i nordostlig riktning i sicksack på varma stadsgator in mot centrum och Mannerheimvägen.

När jag då kom gående på Mannerheimvägen vid Stockmanns varuhus, vek jag gärna av ner förbi Svenska Teatern och in i Esplanadparken. Där strövade jag långsamt på den breda sandgången mellan skuggande träd och blommande rabatter. Solen sken, det var en varm juni. Mitt i alltsammans stod Runeberg staty och litet mera i skymundan den finske skalden Eino Leino. Jag rundade Runeberg och tänkte belåtet, att i slutet av Esplanaden väntade Kapellet, den anrika gamla krogen.

I fickan hade jag en bok av Ture Janson, *Mitt Helsingfors* från 1913. På den tiden flanerade han och Runar Schildt och några till här, så som jag gjorde nu, mellan sina stamkrogar Kämp, Catani och Kapellet. De kallades för "flanörerna" eller "dagdrivarna". De kände sig trötta, drabbade av spleen och främlingsskap; som finlandssvenskar tyckte de sig ha spelat ut sin roll i sitt land. Vad återstod? Ture Janson svarade:

> "Så återstår att bli en käck flanör,
> som är tillfreds med detta utanför,
> att axla kappan och att gå åstad
> till kvällens mänskoström på promenaden.
> En sällsam tjusning skänker esplanaden
> en ensam främling i sin egen stad."

Av flanörernas tre favoritkrogar finns endast Kapellet kvar. Det ligger mitt i grönskan nere vid Salutorget, och där satte jag mig i självserveringen och slog upp en öl och tog fram Ture Jansons diktsamling.

Kapellet är en mäktig gammal träbyggnad, hög i taket som en kyrka och med stora fönster runtom. Utanför konserterade en uniformerad orkester på en estrad. Där jag satt hade jag utsikt över kommersen på Salutorget och över Södra hamnen, där sverigebåtarna lägger till, och över den rödbruna Uspenskijkatedralen på Skatudden med guldglimmande lökkupoler. Framför fönstren stod lönnar och lindar, i rabatterna rododendron, och genom bladverket skymtade stadens mest kända staty, Havis Amanda, en förförisk kvinna med breda höfter och längtande blick, vänd ut mot havet.

Där jag satt i Kapellet sextio år efter Ture Janson, kunde jag konstatera att staden alltjämt hade sin tjusning. Jag satt i självserveringen och tummade på mitt glas och tittade ut genom fönstret. Det var här man hade den bästa utsikten. Marschmusiken klingade i esplanaden och åskmolnen tornade upp sig över Södra hamnen.

Så levde jag som en flanör denna tid i Helsingfors. Jag väntade på det stora författarseminariet i Lahtis, som skulle äga rum till midsommar.

Fjorton dagar gick, och så stod midsommarveckan för dörren. Det skulle bli en händelserik vecka. Ni ska få höra.

III

Lahtis-seminariet startade med ett cocktailparty. På en terrass i Radiohuset i Helsingfors gled ett hundratal författare och kritiker omkring med glas i händerna. Jag stod i ett hörn och talade med några norrmän som jag kände. Jag kände ingen av svenskarna, men en av dem kom fram till mig, det var Lütfi Özkök, turk förresten, och började berätta senaste nytt om Samuel Beckett.

Sedan kördes vi i bussar till Mokulla utanför Lahtis, inkvarterades och fick middag. Jag hamnade i sällskap med norrmännen och med Jesper och tre flickor från finska televisionen. På natten gick vi i bastun nere vid sjön. I omklädningsrummet satt några rosiga personer, som just hade badat, och pratade med en svarthårig finska med sydländskt utseende. Hon badade inte. Vi andra bastade och hoppade i sjön.

Nästa morgon efter frukost gick jag försiktigt ut på gräsplanen där föredragen och diskussionerna skulle hållas. Ett femtiotal personer satt redan uppradade på bänkarna och fingrade på sina hörlurar. Inne i små burar rumsterade tolkarna och provade sin apparatur.

En efter en strömmade trötta författare till,

sjönk ner på bänkarna eller la sig raklånga i gräset. Programmet började med att den franske tolken presenterade sig själv och sina kollegor och höll ett föredrag om vanskligheterna med att vara tolk. Ett skrivet föredrag är ytterst ansträngande att tolka, förklarade han. Men gäller det ett spontant inlägg kan tolken ofta avsluta meningarna före talaren: han kan förutse vad som kommer att sägas.

Själv genomförde han sin uppgift med iver och glöd, levde sig in i talarens roll, gestikulerade och fäktade, där han satt i sin bur, lade till och förbättrade. Den förste talaren var en rumän. Jag hörde på honom i fem minuter, gick sedan med Jesper till värdshusets terrass för att bota baksmällan med några öl. Vi fick snart sällskap av den mörka kvinnan som jag sett i bastun och av en finsk journalist.

Ölet var ovanligt gott. Vi tyckte att det bästa vore om den där tolken tog över hela seminariet och skötte diskussionen själv — eftersom han ändå kunde förutse vad som skulle sägas — så skulle vi andra kunna sitta under parasollerna där på värdshusets terrass hela dagen och dricka av det goda finska ölet och samtala och titta ut över den blanka sjön och de lummiga träden.

Och allteftersom förmiddagen rann iväg och de tomma ölflaskorna samlades på bordet, avtog mitt intresse för seminariet och jag uppfylldes alltmer av den mörka skönheten som satt mitt emot mig. Aldrig hade jag sett en sådan utstrålning som hennes.

När hon vände ansiktet mot solen, blundade och strök tillbaka håret bakom örat, kunde jag ostört beundra henne. De höga kindknotorna, den smala näsan, de mjuka, energiska dragen... jag kan inte beskriva henne. Hon påminde mig om de gamla stumfilmsstjärnorna som jag var så förtjust i, Buster Keatons och Chaplins motspelerskor, den sköna Mabel Normand, den söta Edna Purviance eller oförglömliga Paulette Goddard... Hon hade samma ansiktsform, observerade jag, som kvinnorna och änglarna på Fra Angelicos fresker — men hon var en svarthårig ängel. I mina tankar gav jag henne namnet Angelica. Hon föll uti mitt tycke. Det rådde jag inte för.

Klockan blev halv tolv. Vi bröt upp och kom överens om att träffas till lunchen. Jag gick ner till gräsplanen för att höra hur diskussionerna gick. Åhörarna sov i gräset. En mager talare framförde med entonig röst sitt magra budskap. Solen blänkte i hans svarta, mittbenade hår. Jag tittade bort mot buren där den franske tolken satt. Där var det liv: han knöt näven och hamrade in orden, höjde ett varnande pekfinger som han upprört skakade i luften, slog ut med armarna till tecken på att allt hopp var ute, knyckte nonchalant på axlarna och rynkade i nästa ögonblick hotfullt ögonbrynen... En verklig talare.

Jag gick till lunch.

På eftermiddagen for vi in till stan, Jesper, Lütfi, den svarthåriga och jag. Vi provianterade, och medan Lütfi och Jesper köpte karelska piroger att ha till kvällen, satt jag kvar i taxin och berättade för henne om min ensamma tysta resa genom Karelen och Savolax föregående höst. Hon lyssnade inte utan intresse, tror jag. Senare satt vi alla på terrassen igen, nu i sällskap med Jomppa, f.d. tungviktsboxare och sjöman, en kraftig karl som berättade historier, skämtade och drack. Efter kvällsmaten begav vi oss till Jespers rum, han bodde i ett kök, slog oss ner runt bordet, tog fram flaskor, hällde upp.

Det blev en trevlig kväll. Hon drack ingenting såg jag, hon nöjde sig med en flaska öl. När någon i fyllan och villan började berätta skvaller, att den och den hade ihop det med dens och dens fru, blev hon arg och hutade åt honom. En annan i sällskapet ryckte då in och utropade: "Varför ska man inte få säga som det är? Det är ju vackert! Kärleken n,249är vacker!" En förvirrad munhuggning tog vid. Någon anförtrodde mig viskande att man fick försöka ha överseende med henne, för hon var en sån där kvinnosakskvinna... Åhå... Att hon hade ett gott huvud och ett gott hjärta, det hade jag förstått. Jag var redan förälskad.

Sedan gick alla till värdshuset. Där var det dans, popmusik, rök och tjock luft. Jag bad henne komma ut med mig, vi satte oss på en bänk nervid stranden och där berättade jag några historier ur min levnad, som jag tänkte kunde roa. De var ganska roliga de där historierna, men jag har glömt vilka det var. Så gick den kvällen, och natten gick, och på morgonen mådde jag inte bra. Redan klockan åtta satt hon och jag på värdshusets terrass igen, jag petade i en ostsmörgås och försökte med darrande händer skvalpa i mig litet te. Det gick dåligt. Hon drack svart kaffe och rökte helt lugnt en cigarrett. Plötsligt kom en författare klivande över räcket, han såg oförskämt frisk ut, och nu tog vi varsin öl i stället. Det gick bättre. Vi tre var ensamma på terrassen. Det var en vacker morgon. Det såg ut att bli en vacker dag. Vi tog en till.

Det hade kommit nya människor till Mokulla. Terrassen blev så full av folk, att vi gick och la oss på gräset där nere där diskussionerna och föredragen ägde rum. Sven Delblanc gjorde ett inlägg på eftermiddagen. Han framhöll det egendomliga i att samla en massa författare till diskussion under rubriken *Why fiction?* så som här hade skett. Varför detta tvivel på den egna verksamheten? Vadan detta dåliga samvete? Han slutade med att förklara att han vägrade diskutera på de premisserna. Jag vägrar jag också, tänkte jag, där jag låg i gräset.

Det hördes skrattsalvor uppifrån terrassen. Lütfi Özkök sprang omkring och försökte få författarna att sitta stilla, så att han kunde fotografera dem. "Sitt still, din satan!" — "*Kato turkkilainen, perkele!*"

Timmarna gick, och vid midnatt var det avspark i den traditionella fotbollsmatchen mellan Finland och den övriga världen. Jag såg den inte, jag tillbringade all min tid i sällskap med den mörka skönheten. Efter matchen rådde motstridiga uppgifter om vad slutresultatet blivit. Ett par vrickade fotleder och brutna tår blev i alla fall följden, det är säkert. Spelarna var alltför otränade och onyktra, och då inträffar det lätt skador, det vet alla som har sysslat med idrott.

På torsdagsmorgonen reste hon tillbaka till huvudstaden och vid ettiden lämnade även jag Lahtis. Jag hade lovat ringa henne i Helsingfors. Jag fick sällskap med en litteraturkritiker och vi valde ett tåg med restaurangvagn. Där satt vi och såg det finska sommarlandskapet glida förbi utanför fönstret. Skogar och sjöar. Vi var trötta. Och jag var på ypperligt humör.

IV

Senare samma kväll, när jag lämnade restaurang Central efter att ha ätit en smörgås, mötte jag Johan Mickwitz på gatan och fick gå tillbaka igen. Vi satte oss och talade om vad som hänt oss under det halvår som gått sedan vi setts sist. Vårt samtal avbröts av en liten svettig man som plötsligt stod vid vårt bord och såg på oss med ett småleende; han hade skrynkliga kläder och en veckas skäggstubb.

"Ursäkta, men jag hörde svenska talas här", sa han med finlandssvensk accent. "Satan... Svenska grabbar!"

Han högg tag i min näve.

"Min pappa var fältväbel i Växjö", började han. "Satan... alla hästarna du! Och dom där stora mustascherna... Du ska hälsa på mina släktingar i Kalmar. Du får kroppkakor. Hälsa från Curt Svensson, Curt med C..."

Han fick fram sitt pass ur innerfickan och bredde ut det på bordet, men där stod det Kurt med K. Han lånade en pennstump och skrev ner adressen till sina släktingar i Kalmar.

"Om du kommer förbi. Hälsa bara från Curt, Curt med C. Jag har varit borta i tjugo år... Du får kroppkakor..."

Han gick och satte sig vid sitt eget bord men var tillbaka efter ett par minuter och boxade mig på axeln.

"Satan... Jag borde egentligen klå ihjäl dig, men eftersom du är svensk grabb så...!"

Han skrattade och nöp tag i min hand igen.

"Du vet, min pappa..."

"Ja?"

"Han var fältväbel i Växjö."

Mannen stod tyst en stund tills han fick tårar i ögonen. Släppte sedan min hand och gick tillbaka till sitt glas.

Nästa morgon återsåg jag Johan längst bak i en buss som skulle föra oss och tjugo andra medlemmar av Finlands Svenska Författareförening till Leningrad. På den bakersta soffan satt redan Mauritz med en jättestor flaska gul Jaffa, en finsk läskedryck. Professorer, studenter och författare fyllde bussen. Det var femtio år sedan Edith Södergrans död, hon dog på midsommardagen 1923, och nu skulle vi alla besöka Raivola på Karelska näset och lägga ned en krans på hennes grav.

Förr vallfärdade poeter dit. Gunnar Ekelöf och Elmer Diktonius var där 1938, medan Edith Södergrans mor ännu levde och huset, kyrkan och kyrkogården fanns kvar, liksom den igenvuxna trädgården med hallonbacken och de höga träden och sjön därnedanför. Ekelöf fann platsen förtrollande vacker trots dess skräpiga förfall. "Det finns många kulturella medelpunkter på jorden, ställen dit en intensiv förtätad stämning koncentrerats", skrev han. "Sällan har jag mött någon så intensiv som denna."

Graven låg då i ett hörn av kyrkogården med utsikt över sjön. Först hade där stått ett enkelt träkors, sedan hade en sten satts upp, som ritats av Wäinö Aaltonen, skulptören.

Sedan kom kriget och allt utplånades. Karelska näset blev ryskt och Raivola blev Rosjtjino, en småstad.

1957 for författaren Ralf Parland och litteraturvetaren P.O. Barck dit igen, lyckades på ett ungefär lokalisera platsen där graven borde ha legat — och tre år senare sattes en ny sten av Aaltonen upp. Ett ögonvittne berättade i Nya Pressen om avtäckningen, som skedde i november månad:

"Småpojkar hängde i träden, det föreföll som om hela bygden mött upp när minnesstenen över Edith Södergran avtäcktes i Raivola på söndagen. Villan där Edith Södergran och hennes mor levde finns inte kvar, men väl den stora granen och Onkamosjön, som lyste vit av snön nedanför sluttningen."

Vår buss styrde ner över Karelska näset, stannade till i Viborg där vi köpte rysk champagne. Gamla Viborg äger ännu ett romantiskt skimmer för äldre finländare, liksom badorterna längs näset, där flera av resenärerna hade firat sin barndoms somrar. Jag såg hur en av dem stoppade jord från Terijoki i en påse för att ta med hem till sina gamla föräldrar...

På midsommardagen var vi alla på plats kring minnesstenen i Raivola. Den stod nu i kanten av en nyanlagd kulturpark. Bakom stenen sluttade den skogiga stranden ner mot Onkamosjön, och inskriften var en strof av Edith Södergran:

> "Se här är evighetens strand,
> här brusar strömmen förbi,
> och döden spelar i buskarna
> sin samma entoniga melodi."

Ett betydligt större monument behängt med röda flaggor låg inte långt därifrån: den okände soldatens grav. Framför detta en solig gräsmatta och på gräsmattan hundratals korpulenta ryssar i baddräkter, ty det var söndag.

Det hölls tal och lades ned kransar. Ordföranden för Rosjtjinos kommunalfullmäktige, en kraftig blondin, lovade att det skulle komma en rysk inskription bredvid den svenska på stenen. Lars Huldén talade för finlandssvenskarnas räkning och poeten Michail Dudin för ryssarnas. Under tiden samlades de solbadande omkring oss, svettiga och rödbrända, och när Dudin deklamerade sina egna översättningar av Edith Södergrans dikter kom näsdukarna fram — kvinnorna torkade rörelsens tårar från kinderna medan de skuffade på varandra och viskade och pekade: "Poet Dudin! Poet Dudin!"

Ceremonin var snart över, solbadarna återvände till sin gräsmatta och Dudin slog sig ner hos några gubbar på en bänk och pratade. Kulturparken var inte riktigt färdig än, och just här borta i det höga gräset stack resterna av en gammal husgrund upp; på den satt några finlandssvenskar och rökte och försökte påminna sig fortsättningen på den där södergrandikten, vars första strof stod på minnesstenen...

"Död, varför tystnade du?
Vi äro komna långt ifrån
och äro hungriga att höra,
vi hava aldrig haft en amma
som kunnat sjunga såsom du.

Kransen som aldrig smyckat min panna
lägger jag tyst till din fot.
Du skall visa mig ett underbart land
där palmerna höga stå,
och där mellan pelarraderna
längtans vågor gå."

V

Jag träffade henne igen på Kapellet i Helsingfors. Det var hett, man svettades, och jag var nervös. Hon kom, helt klädd i svart, svarta byxor, svart t-skjorta — svart hår. Vilken skönhet! Jag hämtade henne en öl att dricka. Senare gick vi till Elite och satt på uteserveringen där och pratade hela eftermiddagen. Hon förstod väl inte allt jag försökte få fram, och jag förstod inte allt heller. Bäst så. Vart hjärta har nog sin saga. Var äng sin blomma har.

Nästa dag sågs vi redan på förmiddagen, köpte jordgubbar på torget och tog båten ut till Sveaborg. Vi vandrade omkring bland de gamla befästningsvallarna och la oss på en klippa vid badstranden. Jag hoppade i sjön, men hon ville inte. Hon trodde det var kallt i vattnet. Jag bjöd henne på ryskt vin som jag hade haft med mig från Leningrad, men det var sött och ljummet och hon ville inte ha. Skjutövningar pågick i havsbandet. Dova kanonskott ackompanjerade oss hela denna dag på Sveaborg.

När vi hade skilts vid halv sextiden klev jag in på Finlands resebyrå för att be om upplysningar om Annila gods utanför St. Michel, Suivala gård i Kärkölä och Ryttylä gård — platser som spelat en roll i

Karl August Tavaststjernas levnad. Var exakt låg de och hur tog man sig dit? Damen bakom disken var hjälpsam men villrådig; till slut kom hon på att ringa till professorskan Tawaststjerna, vars son professor Erik Tawaststjerna, sibeliusspecialisten, visste allt om de där gamla gårdarna. Han var bortrest men skulle komma hem på söndag. Det gick bra att ringa då.

Nästa dag var en fredag och då träffades vi utanför Akademiska bokhandeln och gick upp till Stockmanns restaurang överst i varuhuset. Vi hade tänkt åka till djurparken på Högholmen men missade båten. Så vi drog omkring, satt på Kapellet, hon gick till hårfrisörskan — och dagen slutade vid sextiden med att vi sa adjö till varandra i ett gathörn. Hon skulle fara till landet på två veckor, och jag skulle förmodligen inte vara kvar när hon kom tillbaka. — Det var sorgligt. Inga tårar visserligen, men desto flera suckar. När jag gått ett stycke fick jag en oemotståndlig lust att vända om och springa efter henne — men jag hejdade mig när jag insåg att hon redan måste vara hemma, och jag visste inte ens var hon bodde.

Satte mig i lägenheten på Docksgatan och tyckte så synd om mig själv att jag kunde gråta. På kvällen gick jag på bio och såg Truffauts "Sirenen från Mississippi". Catherine Deneuve och Jean-Paul Belmondo spelade, men jag såg bara Angelica. Somnade sent och vaknade sent på lördag förmiddag. Satt inne i det vackra vädret och läste, gick sedan och åt på Elite och tänkte se en berömd film som hette "Claires knä". Men jag hade en halvtimma på mig efter kaffet, tog en promenad och missade filmen. Söndag förmiddag ringde jag till professorn Erik Tawaststjerna. Han var inte hemma. Åkte till Rönnskär och badade, gick och såg "Claires knä" på kvällen, tyckte inte det var nåt särskilt med det. Åt ingenting på hela dagen.

Se, denna kvinna hon var gift. Barn och make hade hon. Och med dessa hade hon flytt till landet på semester och lämnat mig ensam kvar i det heta Helsingfors, där turisterna höll på att ta över och poliser gjorde gatorna osäkra inför den förestående internationella säkerhetskonferensen. Polispiketer körde upp i parkerna, konstaplar strömmade ut och ryckte i poligubbarna och släpade dem i gräset om de inte ville vakna. De skräpade ner i stadsbilden där de satt med sina flaskor under träden. Det var ingen lämplig syn för de utländska gäster, som inom kort skulle susa genom staden i svarta limousiner med motorcykelpoliser före...

Det var måndag och jag badade på Rönnskär. Pihlajasaari. Sedan till Central på kvällen. En finsk litteraturvetare satt där med sin fru. Han erkände, när jag pressade honom, att det var en lucka i hans bildning att han inte läst mera Tavaststjerna. Du måste läsa *Barndomsvänner,* rådde jag. De fnissade när jag sa att jag tänkte besöka de gårdar som Tavaststjerna bott på som barn och som yngling. På frågan om jag skulle skriva en bok om det, svarade jag något osammanhängande som jag inte begrep själv. Jag hade med mig en deckare av Ross Macdonald. Gick hem tidigt.

Barndomsvänner är förstås inget riktigt lyckat verk. Den där litteraturvetaren borde hellre ha börjat med *För morgonbris,* diktsamlingen som var Tavaststjernas debut. Den blev omtyckt och omskriven, särskilt dess avslutande del "Fragment av en kärleksdröm". Kritikerna jämförde med Heine och Snoilsky. Föremålet för kärleksdikterna, Ida Rudbäck, hade Tavaststjerna bott granne med under några somrar i Helsingfors skärgård och ägnat en ynglings blyga tillbedjan. Hon var hans första kärlek. De syns tillsammans på ett fotografi som finns återgivet i Annie Furuhjelms memoarer *Den stigande oron*; fotografiet bär överskriften "En dansrepetition". Ida Rudbäck intar en stolt, nästan spotsk hållning, medan Tavaststjerna böjer sin nacke och småler.

I allt som var charmerande och livsbejakande i *För morgonbris* blandade sig emellertid ett drag av missmod och tungsinne, som många fann egendomligt. En gammelmansröst hördes genom det ungdomliga tonfallet. "Gubbvecket på den unga pannan" (W. Söderhjelm) var redan synligt.

En annan egendomlighet var att så många strofer var illa genomarbetade och språkligt slarviga eller felaktiga. En annan de dåliga avslutningarna och misslyckade poängerna; Tavaststjerna verkade inte intresserad av att hålla ihop en tanke och fullfölja den — hittade han en överraskande och konstig slutrad, så var han nöjd med det. Och detta var egenskaper som skulle följa honom genom livet. Hans närmaste vänner, Hjalmar Neiglick, Werner Söderhjelm m. fl. irriterades och Söderhjelm skrev senare i sin biografi över honom: "Man förstod vilken talang han var, och man förargade sig åt att han icke själv förstod det och icke kunde kasta över bord svagheter, vilka ett barn varsnade."

En som mycket beundrade *För morgonbris* var den unge greven Birger Mörner, själv författare. Han gjorde Tavaststjernas bekantskap i Stockholm i april 1888. Att Tavaststjerna var oberäknelig är omvittnat — han kunde uppträda besynnerligt och bryskt, särskilt mot främlingar och särskilt när han hade druckit... Denna kväll hade Birger Mörner just ätit middag med Daniel Fallström på gamla Operakällaren. Efteråt sällade sig Tavaststjerna till dem, ytterligare några personer tillkom och man begav sig till Du Nord där aftonen slutade med ett sjöslag.

"Det var nära", berättade Birger Mörner (i *Ur mitt irrande liv*), "att mitt första möte med T* också skulle bli det sista. T*, som från början visade sig glad och förbindlig, blev, alltefter som stämningen steg, retlig och obegriplig. Han började tala i paradoxer, åt vilka han själv tycktes ha mycket roligt, men som vi andra inte förstodo. Plötsligt tog han ur soffan, där han satt, ett språng över bordet, välte omkull en person som satt i vägen och försvann ut genom dörren. Det var tydligt, att han var drucken, men hans brutala sorti verkade på oss andra främmande och pinsam. Jag, som på förhand höll så mycket av honom, kände det bittert."

Nästa morgon sökte Mörner upp honom för att överlämna en bok och säga några sanningens ord. Han fann Tavaststjerna sittande i sängen med en handduk om huvudet och en adresskalender i knät.

"— God morgon, här är boken, sade jag.

— Nej vad jag är glad att du kom, ropade T* och slog ihop adresskalendern. Jag satt just och sökte din adress! Jag bar mig visst illa åt i går, och jag ville be er alla om ursäkt!

Den präktige T*! I det ögonblicket fick han en vän för livet."

Varpå de båda vännerna gick till Sturebadet för att bada turk.

Två somrar efter deras första möte var Tavaststjerna gäst hos Birger Mörner i Kvarsebo vid Bråviken. En dag när skalden låg på mage i det höga gräset, halmhatt på huvudet, spanande mot horisonten, tog Mörner ett fotografi av honom som senare användes som titelplansch i den posthuma *Efter kvällsbrisen*. Tavaststjerna påstod sig ha varit sysselsatt med att dikta *Min skyggaste tanke,* när bilden togs.

Det var en kärleksdikt till hans nyblivna fästmö, den rikssvenska skådespelerskan Gabrielle Kindstrand. Den skulle ingå i samlingen *Dikter i väntan* — väntan på förlovning och giftermål kan man förstå. Men parallellt med kärlekslyckan växte hans missmodighet. Sedan han bestämt sig för att leva som fri författare hade han haft envisa ekonomiska bekymmer. Han hade drabbats av en nervös kris framkallad av alkoholmissbruk. Hans bäste vän Hjalmar Neiglick hade dött, och det sista året hade gått i tröstlöshetens tecken. Allt hade han övergett för sin "frihetslust", menade han, och ingenting hade han fått för det. Han var redan bitter. Han skrev:

> Bränn dig själv som jag har bränt mig!
> Känn dig själv som jag har känt mig
> utan mål!

Det var slutraderna till en dikt (*Frihet*) som Werner Söderhjelm ansåg utgöra en vändpunkt i Tavaststjernas inre liv. "Sinnesstämningen, ur vilken den framgått, gräver sig nu allt djupare in hos honom, och vad han ännu upplever av lyckokänslor, är glimtar, kortare eller längre, men som icke förmå fördunkla de ständigt påträngande bittra livserfarenheterna eller lysa upp det med varje år tätnande mörkret i hans sinne."

Nyårsdagen 1891 förlovade han sig med Gabrielle Kindstrand i Kristianstad, där det Rydbergska teatersällskapet låg och repeterade hans pjäs *Affärer*. Gabrielle spelade den kvinnliga huvudrollen och direktören överlät åt författaren att själv leda repetitionerna. Han intervjuades i Kristianstadsbladet av Emil Kléen, en ung poet: "Herr Tavaststjerna är en man i trettioårsåldern — en blond nordisk typ med nobla, sympatiska anletsdrag. Han såg ut just som vi föreställt oss honom, havsfriskhetens och den veka erotikens diktare, en målare i ord, en musiker i ord."

Premiären på *Affärer* blev en framgång och sedan begav sig teatersällskapet ut på turné med pjäsen, medan Tavaststjerna tillbragte våren ensam i Köpenhamn. I mitten av april blev han bjuden till Ola Hanssons i Skurup.

Han anlände dit en dag då Ola och Laura Hansson jämte August Strindberg befann sig på en liten fest hos läkaren i Skurup, Lars Nilsson, som har berättat en ganska lustig anekdot om detta:

"Det var förresten en rätt så lustig entré Tavaststjerna gjorde i Skurup. Hos mig hade vi just ätit middag då det ringde i telefonen från järnvägshotellet att där var en herre som frågade efter Ola Hansson. Jag frågade vem mannen var. Restauratören svarade, att han inte ville uppgiva sitt namn. Jag frågade då: hur ser han ut? Svaret blev: han är gul. — Gul, sade jag, vad menar restauratören med det. Jo sade han, han har gult hår, gula mustascher och gul hy, gul mössa, gula kläder och gula skor. Då jag upprepade denna personbeskrivning för mina gäster, ropade alla med en mun: det är Tavaststjerna, se att få hit honom! Tavaststjerna ankom, mottogs med öppna armar och var snart en intressant medlem av det glada sällskapet.

Den svenska punschen gjorde väl sitt till för att på aftonen göra stämningen animerad. Särskilt Tavaststjerna blev något rörd och därvid som alltid lättretlig. Han hade börjat en disput med andre läraren på folkhögskolan, Molin, och ett tu tre såg det ut till att bli handgemäng. Då slog Strindberg handen i bordet och sade: Nej, nu ta vi en fosterländsk sång. Han tog upp en, alla instämde och så var molnet skingrat. Sådan var Strindberg. Alla hade respekt för honom."

I juni gifte sig Tavaststjerna i Sundsvall, slog sig ner med sin hustru i trakten av Östersund och skrev där sin roman om nödåren i Finland, *Hårda tider*. Mot slutet av sommaren flyttade paret till Finland. De bodde ett par veckor hos Tavaststjernas moster Sofie Granfelt i Ryttylä, "hans jäktade, hemlösa ungdoms fristad" (*Unga år*). Det blev hans sista besök där. Ingenstans, försäkrade han, hade hans oro funnit en vrå mera omhägnad av oegennyttig omsorg, mera lämpad för honom och mera tyst än Ryttylä.

Jag steg upp tidigt, det var onsdag morgon, åt en kraftig frukost och for in till busstationen. Satte mig på bussen mot Tavastehus och passerade två timmar senare Turkhauta, där det mord hade ägt rum som var förebilden till mordet i *Hårda tider*. Nästa hållplats var Ryttylä. Jag steg av och började gå på måfå. Korsade järnvägen och kom fram till en gammal stationsbyggnad, ett övergivet spökhus med avflagnad färg och spräckta fönsterrutor. Ett stenkast därifrån, på en slänt, låg en vitmålad trävilla med en tidtabell uppklistrad på dörren. Jag gick dit och prövade dörrhandtaget och kom in i en liten stationsexpedition, där en blond man satt med fötterna på skrivbordet. Jag frågade på finska om han talade svenska. Nej — men han steg upp och tecknade åt mig att komma med ut, så skulle han föra mig till någon som kunde. Han låste dörren och gick före uppför sluttningen mot ett boningshus omgärdat av vinbärsbuskar och äppelträd. I garaget stod en lång, mager karl och mekade. Den blonde ropade på honom, och jag fick lägga fram mitt ärende: Var låg den gård som varit i släkten Granfelts ägo och där Tavaststjerna en gång hade bott? Den långe förstod inte. Han kunde inte mer svenska än den andre. De samtalade generat, medan jag stod mitt emellan dem och såg ut över Ryttylä. Det var en liten by med bank och post, bensinstation och affärer grupperade på ömse sidor om landsvägen. En slätt med blekgula sädesfält, vita gårdar och dungar av granskog omgav byn. För att få slut på den pinsamma situationen frågade jag om det fanns någon på posten eller banken som talade svenska; de blev glada och pekade ut posten och banken för mig och så skildes vi.

På posten gick det inte bättre, jag fick bara frimärken, och banken hoppade jag över. Jag gick i stället in i bokhandeln. Flickan bakom disken ropade på sin mamma när jag tilltalade henne. Modern hörde intresserat på vad jag hade att säga, svarade något på finska och räckte mig en bunt vykort över Ryttylä. Jag köpte tre kort och började känna mig trött på hela saken.

Jag gick och satte mig på kaféet. Nästa buss tillbaka skulle gå 13.05. Alltså två timmar kvar i Ryttylä. Drack en kopp kaffe och skrev ett vykort. Satte ett frimärke på det. Det tog tjugo minuter.

Sedan ut i sommarvärmen igen, på den dammiga vägen, men nu gick jag åt andra hållet och kom till en herrgårdsliknande byggnad med en park. I en allé i parken kom en blond kvinna vandrande vid sidan av en välkammad yngling i sjömanskostym. Jag inväntade dem och tilltalade dem, och nu hade jag tur: hon var den enda finlandssvenskan i hela Ryttylä.

"Månne int' det kan vara denna gården", sa hon.

Hon tog farväl av sjömansgossen.

"Om ni vill följa med ska vi gå och titta. Det borde finnas något om gårdens historia i biblioteket."

Stället var nu en missionsskola. Vi gick in i den största byggnaden, ett gult stenhus framför en dammig gräsplan. Där bredvid fanns en ny och välputsad byggnad med pelaringång. Dessa två hus hade inte tillhört den gamla herrgården, berättade hon, och jag antecknade detta på en tidning som jag hade i handen. Hufvudstadsbladet.

Hon hittade ingenting i biblioteket, och de andra lärarna var på lunch, så vi gick ut igen, över gräsplanen och in bland de kraftiga björkarna i den gamla parken. Där låg en röd trähuslänga som hade varit drängstuga och i parkens bortre ända låg den gamla huvudbyggnaden, där Tavaststjerna hade haft en vindskammare. Där bakom fanns en igenvuxen trädgård.

"Vi går och äter vi också", sa hon. "Ni kan säkert få lunch här."

Det fick jag, och sedan hamnade jag på rektorsexpeditionen, där jag satt i en djup soffa medan tre kvinnliga sekreterare slog i böcker och telefonerade till kommunbiblioteket och till Tavastehus tidning, Hämeen Sanomat... Den enda som kom fram med något var den yngsta sekreteraren, en flicka i hästsvans och långbyxor, hon hittade en gammal broschyr där det stod att denna gård hade varit i Granfeltarnas ägo. Dåså, då var det klart.

Jag tackade för hjälpen och gick ut och tog en rulle bilder på de gamla kåkarna och parken och gjorde ytterligare anteckningar på den redan nerklottrade tidningen. Jag blev färdig just i tid för att hoppa på 13.05-bussen till Helsingfors.

Steg av nånstans på Mechelingatan och började gå mot Elite för att släcka törsten med en öl, *en* öl och sedan hem till skrivbordet och skriva ner mina intryck från Ryttylä. På krogen stötte jag på

Jomppa. Han var tillsammans med Salama. Vi blev sittande på Elite resten av eftermiddagen, Jomppa hade fått pengar och bjöd. Frampå kvällen fortsatte han och jag till några andra ställen, sedan hem till honom för att hämta hans fru, sedan till Kaisaniemi på natten. Jag tappade min tidning med alla anteckningarna och jag blev av med min kamera.

Sov länge efter nattens övningar. Fick tillbaka min kamera. Jag hade glömt den i Societetshusets bar. På kvällen gick jag och såg om en gammal favorit, "Härifrån till evigheten" med Burt Lancaster, Montgomery Clift, Frank Sinatra, Deborrah Kerr och Donna Reed. Angelica var med där också. Hon hade två roller. Jag hade också två roller. Jag blev djupt gripen av filmen och tyckte jag förstod den bättre än nånsin tidigare.

Fredagen den trettonde klockan sex på eftermiddagen ringde Angelica, hon var tillbaka i stan. Vi stämde träff på måndag. Hennes röst var musik för mina öron, jag bjöd mig själv på en kaffegök och slog mig ned vid skrivbordet igen och arbetade bra.

VI

Jag gick bävande till mitt möte med Angelica och gick därifrån tre timmar senare ännu mera förälskad än förut. Hon väntade på mig på gatan utanför sin arbetsplats, fantastiskt vacker, solbränd och mörk. Vi gick till Kapellets självservering och talade halvt på allvar, halvt på skämt om att jag borde flytta till Helsingfors på hösten. Tre timmar satt vi där och såg ut på Havis Amanda och Salutorget. Vid vårt bord satt också två fnissande flickor som hade fått tag på en bit kolsyresnö som de bröt itu och la i sina ölglas; vit rök vällde upp ur glasen, gled ned för sidorna och bredde ut sig över bordets landskap. Askkopp, tändsticksaskar och cigarrettpaket sveptes in i dimman. Det var riktigt vackert.

Vaknade tisdag morgon och kände mig tung och däven; jag hade suttit uppe och arbetat till tre på natten. Klockan sju började trafiken med full styrka. Ringde till Angelica. Hon hade inte heller sovit. Det hade varit fullmåne och hon kan inte sova vid fullmåne. Vi träffades en kort stund mitt på dagen på Salutorget, satt tysta på kajen och dinglade med benen. Solen brände över Södra hamnen och vattenglittret gjorde ont i ögonen. "Johan Ludvig Runeberg" av Borgå låg vid kajen. Fiskmåsar, duvor och flytande skräp... Vad fanns det att säga? Vi kramade om varann och lovade ringa nästa morgon.

Underliga föraningar torsdag morgon. Den första mulna dagen sedan jag kom till Finland. Jag låg vaken mest hela natten, försökte läsa ibland, men fantasier jagade genom hjärnan och störde mig. Så småningom sjönk jag i slummer framåt morgonen. Några timmar senare väcktes jag av Angelicas telefonsignal. Hon hade försovit sig och kommit för sent till jobbet.

Det blev en lång torsdag. När den var över hade jag serverat henne mitt hjärta på ett fat... Och hon vände sig inte bort.

Nästa förmiddag gick jag först av allt till ett kafé på Smedsgatan, en enkel kaffebar, och tog en vichyvatten. Jag var lite trött. Där satt två äldre män och en kvinna vid skilda bord, ensamma och tysta. Juke-boxen spelade "Du är min hela värld" med finsk sångare och stråkorkester. Därefter kom "På Roines strand" sjungen på finska av en överjordiskt ljuv kvinnoröst och det var så vackert som i kyrkan.

Angelica och jag gick till Kosmos och åt; sedan strövade vi omkring i regnet, gick in i en zoologisk affär och talade länge med papegojorna.

Lördag åt jag lunch ute med henne. Kände mig oförnuftigt stark när jag gick därifrån, folk såg efter mig på gatan med avundsjuka, halvt skrämda blickar.

Inte undra på att jag vaknade klockan tre natten till söndag, blev klarvaken och steg upp och satte mig och skrev i fyra timmar. Hon hade vaknat vid samma tid, väckt av en kräftskiva i huset och inte kunnat somna om.

Detta berättade hon på Kellari Krouvi där vi träffades till lunch. Hon var outhärdligt vacker denna dag — nästan för mycket för en man.

Sedan blev det måndag. Vi for till den zoologiska trädgården på Högholmen. Där fanns många intressanta djur, bl.a. den numera sällsynta servalen, ett kattdjur med långa ben och litet huvud, förr vanlig över hela Afrika. Snöleoparden ser man heller inte så ofta. Svarta svanor seglade i en liten damm. Det duggade.

Onsdagens väder bjöd på växlande molnighet. Klart till halvklart. På Kapellets terrass satt Otavas förlagsdirektör i grönrutig kavaj och läste Nya Pressen. Torghandeln var livlig.

Torsdag blev ingen rolig dag. Angelica hade ont i ryggen och suckade tragiskt hela tiden. Och fredag blev ännu värre.

För på fredag kväll sa jag adjö till henne, den vackraste kvinna jag någonsin träffat. Vi kom från Kapellet och tog adjö på det tomma Salutorget, vid spårvagnshållplatsen. Från estraden utanför Kapellet ljöd en karelsk folkvisa.

Salutorget såg så ödsligt ut denna kväll. Bara nakna gatstenar och litet skräp där salustånden står om dagarna, inga bilar och inga människor. Havis Amanda stod övergiven i sin springbrunn och stirrade envist ut mot havet. Jag gick långsamt tillbaka genom Esplanadparken; mörka, violetta moln hängde över Svenska teatern, och Runebergs huvud avtecknade sig mot dem med lysande ärggrön panna. Jag satte mig på en bänk. Det var så stilla i kväll, nästan inga människor ute. Snart skulle de komma tillbaka från sina semestrar allihop, när juli månad var till ända. Men jag måste resa hem; mina pengar var slut. Det var dags att ta farväl av Helsingfors.

VII

Efter den sorgliga fredag då jag tog farväl av Angelica blev det lördag, långsam, och sedan *gloomy sunday*. Bussen till Åbo gick halv sju på måndag morgon från *linja-autoasema*. Då var Angelica förmodligen hos sina föräldrar redan. Hon fick en veckas sjukledighet för sitt ryggondas skull och tänkte ta ungarna med sig hem och bli ompysslad. Jag gav henne en bok av Raymond Chandler som sjuklektyr: *Farewell, My Lovely*.

Bussen avgick — och jag rimmade en dikt för att mildra min sorgsenhet:

> Bara en dag på Sveaborg,
> bara en natt i Helsingfors,
> en morgon på stadens salutorg,
> gröna lindar i Esplananden,
> en finska, jag och vaktparaden.
>
> Bara en flicka i mitt tycke,
> en kyss för lite, en dröm för mycke,
> bara längtan kvar i min själ...
> Farväl Helsingfors.
> "Claes Hylinger, farväl!"

Jag anlände till Stockholm på kvällen och fick bo hos en gammal lumparkompis. Sov riktigt gott för första gången på länge i en mjuk säng med rena lakan och på nattduksbordet en essäsamling, handplockad ur min värds bibliotek. Jag läste två sidor i den och somnade. Och drömde.

Jag drömde att jag dansade på en gårdsplan. Dragspelsmusik och flaggan i topp. Jag dansade mycket bättre än jag nånsin gjort i verkliga livet. Sedan satte de en annan flicka i händerna på mig, men när jag skulle dansa med henne spelade musiken aldrig upp. Bara ett anslag, och så tystnade den. Då vaknade jag bekymrad.

Och for in till stan. Vilken fart över Stockholm! Vilken vitalitet, vilka brudar! Och all reklam och sån smörja var mycket roligare här. *Kurrar det i magen? Köttbullar med gräddsås på Järnvägsrestaurangen.* Vackert var det också. Stockholm är orimligt vackert på sommaren. Vita skärgårdsbåtar guppade vid Nybrovikens kaj, där jag promenerade fram bland de flaxande måsarna. Guldet glänste på Kungliga Dramatiska Teatern, koppartaken skimrade gröna på Strandvägen och himlen var så klart blå som på en tavla av prins Eugen.

Jag skrev ett långt brev till Angelica. Under natten hade jag drömt att månen kolliderade med jorden. Den var armerad med silvriga metallplattor, hopfogade med bultar. Den föll i havet och åstadkom en häftig svallvåg. Själv gick jag omkring i ett stort hus; jag hade en vattenslang i handen och sprutade — med tanke på brandrisken — vatten på allt och alla.

Bara några dagar stannade jag där, sedan for jag hem till Göteborg, utvilad och i god kondition. Vi hade kommit en vecka in i augusti. Sommaren var fortfarande varm, och vattnet var som bäst: inga maneter. Jag solade mig på Orusts klippor och simmade i Kattegatts böljor. Fick brev från Angelica. Efter det att jag hade rest hade hon varit sjukskriven i fjorton dar och knappt kunnat röra sig. Just vad man kunnat befara.

När en innerlig kontakt mellan två människor avbryts, så blir den ena parten ofta sjuk, det är ingenting ovanligt, det visste även Tavaststjerna. Han skrev en hel roman på det temat, *I förbund med döden*. Den handlade också om förälskelsens makt att förändra en människa.

Men innan dess hade mycket hänt honom. *Hårda tider* hade kommit ut och fått ett ogint mottagande i Finland. Författaren anklagades för att ha gjort en lättsinnig skildring av 1860-talets nödår och för att ha förvanskat den historiska sanningen. Det gick Tavaststjerna djupt till sinnes; han hade trott att han skrivit en fosterländsk bok och kände sig orättvist behandlad.

På hösten 1892 gick han i frivillig landsflykt. Tillsammans med sin hustru reste han söderut för att stanna utomlands så länge som möjligt.

Han hade sedan flera år lidit av en lätt dövhet,

som nu tilltagit på ett oroväckande sätt. Förutom detta hade han sina dåliga nerver, som inte blivit bättre av oregelbundna vanor och mycket alkohol. Han hoppades på bättring i ett sydligare klimat, och han drömde om att erövra en utländsk publik, liksom Strindberg och Ola Hansson före honom.

Makarna begav sig till Montreux via Weimar, där de besökte Strindberg. Vid jultiden började pengarna sina och Tavaststjernas dövhet och nervositet hade bara blivit värre. På våren reste Gabrielle till Berlin för att studera teater, och Tavaststjerna gav sig ensam ut på en månadslång rundresa i Italien. Framtidsutsikterna var dystrare än någonsin, han drog sig fram på att skicka artiklar till tidningarna hemma, led av nästan ständig sömnlöshet och åt starka sömnmedel.

Sommaren tillbringade han på Rügen tillsammans med Adolf Paul och Strindberg, vars sällskap inte muntrade upp honom. Förhållandet till Strindberg var något spänt, sedan denne blivit förtjust i fru Tavaststjerna då de träffades i Weimar, och lovat hjälpa henne till roller i Berlin; när hon väl anlände till Berlin, svek han sitt löfte. Nu fruktade han den äkta mannens hämnd. Strindberg var ytterligt nervös denna sommar, och ännu nervösare blev han av att Tavaststjerna uppträdde lugnt och vänligt. Förgäves försökte han provocera honom vid de gemensamma måltiderna på hotellverandan. Vad han alltid glömde, berättar Adolf Paul i sin strindbergsbok, var att Tavaststjerna nu i det närmaste var stendöv; han hörde något så när endast i storm, vid stranden, "när vågornas brus paralyserade susningen i hans sjuka hörselorgan". Så det hände ofta att Tavaststjerna svarade på Strindbergs oförskämdheter med ett älskvärt leende, och vänligt nickande bad:

— Säg om det, var så god!

"Då förlorade Strindberg tålamodet. Den andre vågade inte kampen, det var klart! Han kröp undan och gömde sig bakom ett låtsat lyte!

Strindberg höjde vid ett sådant tillfälle vredgat glaset och skrek:

— Skål, du fege finne!

Och Tavaststjerna, som hörde ännu sämre, när man skrek, nickade ännu vänligare tillbaka och svarade så älskvärt som möjligt:

— Skål, min kära bror!

Då förlorade Strindberg fattningen totalt! Det var för mycket! Den andre ville bara göra honom säker!"

Strindberg var övertygad om, det erkände han för Paul, att Tavaststjerna bara lurade på ett tillfälle att skjuta ned honom.

I detta sommarelände, "det värsta och djupaste jag känt i mitt liv", fullbordade Tavaststjerna en novellsamling och en roman.

Romanen var *I förbund med döden,* där han inte gjorde sig någon möda att dölja sin släktskap med huvudpersonen, "en halvgammal man med ett nervöst och oroligt ansikte, vilket gärna slappas av i ett slags stirrande melankoli". Denne har flytt från Finland till Alpernas hälsoorter utan att finna bot för sin letargi — han förföljs av en sång, en dödsdom han ständigt hör inom sig: "En sjuk själ i en sjuk kropp — en sjuk själ i en sjuk kropp..." I ett sista försök att skingra sin dysterhet ger han sig ut på en rundresa i Italien; under den resan börjar han försona sig med dödens röst och finna den mindre hemsk än han tänkt sig:

"När bekantskapen med döden en gång var gjord, var första steget till vänskap med honom taget. I stället för en plågoande och förföljare, blev dödstanken hans stundliga, förtroliga sällskap. De togo in tillsammans på dystra tredje klassens hotell, delade bädd i öde sovrum, som varit forna furstars praktgemak, bestego Vesuvius, gungade i samma båt under valven i Capris blå grotta och i samma gondol på Venedigs kanaler. Men den fordom så grymma rösten bytte tonfall och blev en mild, vemodig kvinnostämma, som talade om ro och vila antingen den steg ur gatornas buller och hästarnas tramp, ur Medelhavsdyningens brus eller ur roddarnas fasta årtag. Han somnade in om nätterna, medan hans egen puls slog takten till de kända orden, och han vaknade utan skräck om morgnarna, när de ljödo ur trätofflors tramp på vestibulens vittrande mosaik utanför hans sovrum."

I ett pensionat vid Luganosjön möter huvudpersonen en vacker sydfransyska, mörk och mystisk, en madame d'Ottange, som han förälskar sig i och som skänker honom hälsa och livslust åter. Han föds på nytt, de promenerar på alpsluttningar och längs sjöstranden, konverserande om telepati och magnetism. Hon har en oförklarlig makt över honom och är lika känslig och intuitiv som han själv. Efter några veckor måste han fara hem till Helsingfors, till hustru, barn och till pulpeten i banken. Men varje kväll skriver han brev till fru d'Ottange. Hans livskraft hålls uppe därav, ända tills hustrun sätter stopp för korrespondensen; då blir han sjuk, är nära att dö, och återvänder sedan till livet som en bruten man.

Berättelsen hade en verklighetsbakgrund: i mars månad hade makarna Tavaststjerna gjort en slädfärd över alperna i sällskap med två utländska damer, varav den ena var en bekant från Tavaststjernas ungdomstid i Paris, fru Alma Zimmermann. Den förnyade kontakten med henne — som han nio år tidigare hade varit beredd att gifta sig med — inspirerade Tavaststjerna till *I förbund med döden* och orsakade en schism med hans hustru, som for ensam vidare till Tyskland.

När Alma Zimmermann träffade unge Tavaststjerna i Paris hade hon redan ett olyckligt äktenskap bakom sig. Hon var några år äldre än han, som var tjugotre. De kom snart i ett intimt förhållande; Tavaststjerna skrev hem till sin vän Neiglick: "Jag känner ännu en kyss, som för en halvtimme sedan brände lidelse i varje fiber. När dramat är utspelat — vad sen? Jag har upplevat något verkligt, upplevat — hör du!" I andra brev berättade han om hur hon ändrat hans syn på tingen: "Varje fiber höll revolution, varje pulsslag bragte väldiga nya tankar och varje natt föga sömn". — "Hon har moraliskt förvissat mig om, att det existerar stora själsrörelser, så stora, att min lilla själ gapar av bara beundran." Efter åtta månader i Paris återvände Tavaststjerna till Finland, och så var madame Zimmermann ute ur hans liv — så tycktes det. Hon gifte sig med en tysk officer, baron Voigts-Rhetz, som var anställd vid konsulatet i Odessa.

Slumpen ville att de återsågs på den där slädfärden över alperna nio år senare. De kom då att bo några dagar på samma pensionat i Lugano, gjorde en lång promenad på tu man hand och brevväxlade någon tid därefter.

Vi äger också ett annat porträtt av Alma Zimmermann. En ung finska, Hilma Pylkkänen, sammanträffade med henne sommaren 1884 i Schweiz — några månader efter det hon skilts från Tavaststjerna i Paris. Den nittonåriga Hilma, som kom resande från St. Michel i sällskap med Tavaststjernas syster Fanny, tog intryck för livet av Alma Zimmermanns person. Hon berättar i sina memoarer om hur de en kväll blev bjudna på middag till en ukrainsk amatörmålare i en villa vid Lémansjön. Bordet var dukat med Bassharatglas, ostindiskt porslin och blommor, konversationen rörde sig om musik och målarkonst och fördes i en elegant, spirituell ton —.

"Madame Zimmermann, vackrare än någonsin, i ett slags luftig, silverskimrande dräkt och med en röd ros i det mörka håret, blev givetvis aftonens medelpunkt. Hon satt vid värdens sida och tjusade alla med sina infall och sitt melodiska skratt. Ibland nickade hon gillande över till mig, som ju helt blygsamt bevistade min första middag i ett utvalt internationellt sällskap. Den bild jag bevarat av Madame Zimmermann är just bilden av henne denna kväll, då hon höjde sitt glas med det topasfärgade Yvornevinet vid desserten för att tacka värdfolket i gästernas namn och då hon till sist föreslog en skål för Livet, för det fullödiga livet."

Under samtal på tu man hand med den unga finskan delade Alma Zimmermann med sig av sina tankar om livet. I likhet med fru d'Ottange i *I förbund med döden* trodde hon fast på intuitionen och uppmanade Hilma att lita till den, "den där hemliga rösten inom oss, som vi inte alltid lyssnar till".

Efter en kort tid skildes de för alltid. "Då jag sedan gick ombord", skriver Hilma Pylkkänen, "på båten, som skulle föra mig tillbaka till Vevey, var det sista madame Zimmermann sade till mig:

— Följ alltid intuitionen, den är Guds röst inom oss.

Medan jag satt på däcket i den gamla hjulbåten, såg jag madame Zimmermann långsamt avlägsna sig längs kajen, vitklädd, med vitt parasoll, lik en blomma i det granna sommarlandskapet, där soldiset med sitt gyllene flor omsvepte Jurabergens mörka linje i fonden."

Det påminner egendomligt nog om fru d'Ottanges avsked av den finländske melankolikern i *I förbund med döden*. Hon följer honom ut på trappan framför pensionatet vid Luganosjön, och han tar farväl allvarligt och vördnadsfullt.

"När han åker ut genom pensionens port, står fru d'Ottange och vinkar åt honom med sin vackra hand, där solen söker upp en briljant och flammar i den, så att det på avstånd ser ut som om hon kastade hela knippen av bländande solstrålar efter honom. De sista ord hon sade honom voro:

'Glöm inte att den livgivande sympatien förlorar sin undergörande kraft, så snart den icke längre underhålles!' "

Och han skakar iväg med iltåget mot norr med en känsla av att ha låtit sin lycka glida sig ur händerna; hans tankar dröjer envist kvar hos henne, "den märkvärdigaste, mest tilldragande och farliga bekantskap han ännu i sitt liv gjort".

VIII

Jag satt i Göteborg och såg tillbaka på mina två månader i Finland. Radion spelade: "Det är som en dröm alltsammans..." Det var det. Tre veckor hade gått efter hemkomsten och nu ville jag bara åka dit igen. Jag måste undersöka om det faktiskt var verkligt, det där landet och den där kvinnan. Vi hade talat om att jag borde skaffa en bostad i Helsingfors. Det vore värt ett försök...

Nästa kväll satt jag på m/s Aallotar med en Koff i handen och gled ut genom Stockholms vackra skärgård. Jag hade badat bastu och väntade på middagen.

I Helsingfors gick jag först till Kapellet. En karl kom och slog sig ned vid mitt bord, han hade grå kostym, grått ansikte, glasögon, feta kinder. På sin bricka bar han två tallrikar med sillsmörgås, två glas Koskenkorva och en öl. Jag väntade på att hans kompis skulle dyka upp, men nej, först åt han den ena sillsmörgåsen och tog den ena supen till den, sedan den andra och sup nummer två till den. Så gick han och hämtade en öl till, just det, han hade glömt att köpa två öl.

Han läste en bok: "Att vandra i fjällen".

Sedan kom Angelica. Jag såg henne genom

fönstret och hjärtat flög upp i halsgropen på mig, för därute på gatan såg hon ut som en helt vanlig kvinna. Det var inget speciellt med henne — nej, en påfallande alldaglighet i sättet att gå och i hennes tankspridda uppsyn. Dörrvaktmästaren hälsade igenkännande på henne och sa: "Ja, det var ett tag sen sist, men han sitter och väntar."

Jag satt med en vichyvatten nära ett fönster. Hon sjönk ned mitt emot mig, men i samma stund som jag såg in i hennes ögon, så var hon inte vanlig längre... Det gamla magiska skenet bredde ut sig över Kapellets självservering, över Salutorget och hela Esplanaden.

Jag ville se Mannerheim-museet. Det var inrymt i marskalkens gamla hem, och vi promenerade dit genom Brunnsparken. När vi passerade några gubbar som satt på en bänk och drack, ropade de något efter oss. Angelica log.

"Vad säger han?" frågade jag.

"Unga, vackra! Gud välsigne!"

En stund senare strövade vi sakta genom Mannerheims gamla villa, vägledda av en blond dam, som pekade och berättade. "Här ser vi tigrar som marskalken skjutit själv."

I andra våningen fick man titta in i sängkammaren. Där stod den hopfällbara tältsäng som Mannerheim alltid sov i. "I denna spartanska bädd sov marskalken hela sitt liv."

Ett särskilt rum upptogs av alla hans medaljer och ordnar, ett annat av hans uniformer. Där fanns också en monter med några personliga föremål. "Här ser vi marskalkens klocka, som han bar i fyrtifyra år."

När vi kom ner i entrén igen, satt där en äldre gråhårig dam i kassan och log pillemariskt mot oss. "Ni ser så glada ut, att man skulle kunna tro att ni är kära", sa hon.

Just så sa hon. Gatorna var heta, solen silade ned genom Brunnsparkens löv, det var en riktig sommardag.

Några dagar gick. Jag köpte en Helsingin Sanomat och tittade på bostadsannonserna. Begrep ingenting... En eftermiddag satt vi på Stockmanns restaurang och då var jag så sentimental att jag hade tårar i ögonen... Med ens var det dags att resa hem igen. På väg till båten, väska i handen, får jag se henne komma promenerande med man och barn på trottoaren. Jag gömde mig i en portgång och reste inte. Kunde inte fara med den bilden på näthinnan; nästa dag ringde jag henne, förklarade att jag hade missat båten och bad henne möta mig på Kapellet.

Efter några timmar på tu man hand med henne hade jag samlat mig såpass att jag kunde tänka på att resa igen. Vi sa farväl – det började bli en vana – och jag gick till hamnen. Fartyget var fullbokat. Det skulle bli friidrottslandskamp mellan Sverige och Finland i Stockholm och båten var lastad med sportentusiaster. Jag fick sova över på ett dammigt resanderum, ta bussen till Åbo på morgonen och där gå ombord på m/s Bore I.

Jag möttes av "fartygsvisan", som strömmade ur alla högtalare; en flickröst sjöng omväxlande på finska och svenska:

"Här seglar kung Bore med stämning,
sorgerna blir kvar i land,
ingen ska kalla sig främling,
kom då och räck mig din hand.
Dansa på vardagens fest ombord,
här är livet en fest!
Här släpper själens fördämning,
här mår vi allra bäst!"

Efter te och smörgås i cafeterian mådde även jag bättre. Själens fördämning släppte dock inte helt. Sömnen sökte mig. Jag satt och bläddrade i en bok och såg ut på det gråa havet och klippte med ögonen.

Jag drömde en otäck dröm den natten. Lyckligtvis har jag glömt den. När jag vaknade var jag i Stockholm. Det var vackert väder i Stockholm men började snart regna. Jag köpte en grammofonskiva med Lee Wiley, den amerikanska sångerskan, försedde mig med Dagens Nyheter och steg på tåget till Göteborg.

IX

Den hösten flyttade jag in i en tvårummare på Strömmensberg. Utsikt genom köksfönstret norrut mot SKF:s fabriker och älvdalen. Från fönstret i mitt arbetsrum kunde jag se Masthuggskyrkans silhuett långt borta i väster och nya Älvsborgsbron. Mina bokhyllor täckte precis ena långväggen i det största rummet. Jag andades ut när jag installerat mig här — här var det fridfullt och här kunde man trivas.

Ibland vandrade jag av och an framför bokhyllan och tänkte på vad min gamle modersmålslärare inpräntat i oss, "böckerna är era vänner, det ska ni komma ihåg pojkar", något som vi då tyckte var ovanligt komiskt. Nu skrattar jag inte. Även de böcker jag aldrig hade öppnat tyckte jag att jag kände. Det var de som gav atmosfären åt mitt tysta rum. Väggarna pryddes av några tryck av konstnärerna Aschenbrenner och Lyth. Måsar seglade utanför mina fönster och duvor slog sig ned på fönsterblecket och kuttrade.

I december på själva Luciadagen kom det brev från Angelica. Hon skrev att jag inte fick skriva till henne mera. Det var hennes sista brev till mig, skrev hon. Vår hemliga korrespondens var inte hemlig längre, och hon hade sina barn att tänka på och sin framtid och det ena med det andra, så hon bönföll mig att inte skriva mera...

Sådan var Lucia. Och sedan blev det jul.

Vintern var över oss, en ljummen och dålig vinter. Det var den sämsta vintern i mannaminne, smutsig, regnig och deprimerande — en självmordsvinter. Jag steg upp med en suck varje morgon. "Håhå jaja, torsdag morgon", suckade jag. Eller "fredag morgon", om det var det.

Men var det lördag morgon, så kunde man ana skymten av ett leende i mitt ansikte. Jag gick ut i köket och slog på radion. Och medan jag bryggde mitt kaffe och åt min frukost och stirrade ut genom de regniga fönstren, lyssnade jag till programmet "Ring så spelar vi" med Hasse Tellemar. Folk fick ringa dit och önska en melodi och delta i en enkel frågetävling — svarade de rätt på en fråga så vann de en grammofonskiva. Men framför allt fick de prata med Hasse Tellemar. "Gomorron, gomorron, hur är det i Arboga, regnar det?" Det gjorde det i allmänhet. Vintern var som sagt sådan. "Vad ska ni ha till middag i dag, får man fråga det?" Fläsk med löksås kanske, eller ibland något som krävde en beskrivning av tillagningen, öländska kroppkakor t.ex. De kunde prata en stund om hur gott det var. "Ska vi våga oss på en fråga också? Det ligger tre skivor i potten. Vilket nummer ska vi ta?" Frågorna var numrerade från 1 till 50, och nu

visade det sig att ingen valde nummer på en slump.
"21:an är den redan gången?" — "Tyvärr... Den
gick för bara tio minuter sedan!" — "Ja, då tar jag
12:an." Alla hade sina lyckotal. Det här programmet
höll på till klockan tio. Då flyttade jag in till
mitt skrivbord, tog radion med mig, och klockan
elva var det dags för "Svensktoppen" med veckans
populäraste melodier.

En av dessa melodier hängde kvar i tio veckor
och förföljde mig genom vintern. Det var Rudyard
Kiplings "Brooklandsvägen" med en svensk text av
Dan Andersson som beskrev en olycklig kärlek och
förtärande längtan. Det var något för mig och jag
lyssnade med största intresse.

> "Jag var nöjd och alltid mig själv till behag
> och trodde mig visst inte dum —
> tills på Brooklandsvägen jag mötte en dag
> en ungmö som gjorde mig stum."

Och refrängen gick rakt till mitt hjärta:

> "Lågt ned — lågt ned!
> Där små lyktor gå ut och gå in —
> I ungmör, jag glömt eder alla för en,
> och hon kan aldrig bli min!"

Jag satt där och lyssnade till radion på lördags-
förmiddagarna och betraktade duvorna som satt
på fönsterblecket. En var grå med violetta och blåa

skiftningar på halsen; en annan var mörk, nästan svart, med halsen glimmande i rött och lila. En brandgul iris runt pupillen och en vit fläck vid näbbens rot. De var vackra.

En gång hade jag frågat Angelica vilket djur hon trodde att hon var, eller skulle vilja vara. Jag hade läst att det i vissa religioner finns en föreställning om att varje människa har sin motsvarighet i ett djur. Hon tänkte efter en stund och svarade: "en duva". Och när hon frågade mig samma sak, svarade jag: "en katt".

Vad hände annars under vintern? Jag tillbringade två veckor i Åre, bodde på hotell Granen, åkte skidor på dagarna och drack kask med skidläraren på kvällarna. Jag visste inte då, att just där på Åreskutans högsta topp hade Tavaststjerna stått sommaren 1897 och ropat goda råd åt Ellen Key, som av en slump kommit vandrande den vägen. Ellen Key berättade senare om detta sitt sista möte med Tavaststjerna:

"Friheten eller fjälluften eller glädjen hade strukit bort tungsinnet från hans ansikte, återgivit honom hans spänstiga hållning, frigjort älskvärdheten i hans väsen. Då han fick veta att jag ensam ämnade fortsätta bergvandringen erbjöd han sig genast att öka sin egen dagsmarsch med flere timmar för att följa mig, emedan det icke var ofarligt att gå ensam. Av ingen skulle jag med mindre tvekan mottagit denna, särskilt under en het sommardag, ej obetydliga uppoffring. Jag hade förut prövat Tavaststjernas tjänstvillighet bland annat när jag första gången kom till Helsingfors och redan från båten berättade honom, vilken var den första, som mötte mig på stranden, att vår försenade ankomst vållade mig en stor svårighet att fortsätta resan. Ögonblickligen erbjöd han sig att häva svårigheten och han gjorde det också men genom en språngmarsch, som ännu ett par dagar efter i Runebergs hem förföljde mig med fruktan att Finlands unga diktarhopp sprungit sig till lungsot. På Åreskutan behövde jag emellertid icke mottaga hans erbjudna tjänst utan lyckades förvissa honom om min sorglöshet innan vi skildes. Medan jag gick nedåt stod han således kvar, ropande en vänlig varning mot de faror han för sin egen del alltid förbisåg.

Som han stod där – i lugn kraft, med ett blitt leende, över sig sommarhimlens strålande ljus, under sig Åreskutans vitfläckiga pyramid, omkring sig de ändlösa vidderna – så skall jag nu alltid minnas honom, tacksam att tillfälligheten i ett så enastående intryck för mig bevarat bilden av en så enastående personlighet."

Jag bodde alltså på Granen, men lunchen intog jag på hotell Tott. Där hade de en indisk servitris. Jag minns hur jag satt där och såg förbi det stora bordet mitt i salen med de blänkande travarna av tallrikar, den rykande levergrytan, omeletten och potatiskastrullen på värmeplattorna och luften som dallrade däröver, såg förbi detta genom de breda fönstren ut på det vita landskapet med södra delen av Ullådalen och Mullfjället... Jag var sista lunchgästen och alldeles ensam, sånär som på denna lilla indiska servitris som drömmande gick mellan borden och dukade av.

Ibland satt jag vid mitt skrivbord i skymningen och såg Masthuggskyrkan långt borta, en grå silhuett mot den brandgula himlen. När solen gått ned och mörkret fallit glimmade ljusen på Älvsborgsbron som ett pärlband över älven. Och när jag vände blicken mera åt vänster såg jag mitt eget ansikte speglas i fönsterglaset.

Jag satt och såg på mig en stund, jag var litet suddig i ansiktet, och frågade mig själv: vad kan jag lära mig av den här historien med Angelica?

Jag visste inte, men alltid lär man sig något. Lektionen var säkert inte slut än. Jag kände dock att jag redan hade lärt mig nånting, men när jag försökte koncentrera mig för att komma underfund med vad det var, flöt mina tankar ut — och samlade sig åter bara för att kontemplera minnesbilden av Angelicas vackra ansikte. Jag uppgav försöket.

Tiden gick. Var gång jag gav mig in till stan mötte jag bekanta som blev förvånade över att jag inte var i Finland. Hela hösten hade jag förkunnat för vem som ville lyssna, att jag skulle flytta dit. Så när vi närmade oss slutet av mars månad tänkte jag att en vecka i Helsingfors kunde vara på sin plats. Jag for till Stockholm på en söndag, tittade på en utställning på Östasiatiska museet och blev magsjuk. Satte mig på en bänk i Kungsträdgården med en vichyvatten och vattnade mina torra celler och frös.

Nästa dag var jag bättre fastän urlakad i hela kroppen och endast i stånd till att dricka te och äta omelett. Ändå steg jag på finlandsbåten på kvällen. Det finns väl te och omeletter i Helsingfors också, tänkte jag, utmattad.

Jag gick till rumsförmedlingen på järnvägsstationen, så fort vi kommit i hamn på morgonen, och satte mig sedan på spårvagnen till Munksnäs för att åka och ställa min väska på rummet. Nu hör det till historien att Angelica alldeles nyss hade flyttat och fått ett nytt telefonnummer. Detta visste jag inte. Och hon hade tappat bort min adress, det förklarade hon senare, så hon hade inte kunnat skriva och meddela. — Men allt detta spelade ingen roll, för den första jag får se denna morgon när jag sitter i spårvagnen på Mannerheimvägen är hon, på väg över gatan. Hon har varit och handlat. Jag stiger av vid nästa hållplats och börjar gå tillbaka. Hon styr stegen in i en brödbutik men stannar på trappan och tittar åt mitt håll, tittar två gånger och kommer så springande med alla sina paket i händerna och kastar sig om halsen på mig. Jag kramar om henne och följer med in i brödbutiken.

Så började denna vecka i Helsingfors.

Jag gick och såg filmen om John Dillinger, samhällets fiende nummer ett, på kvällen, och det klack till i mig gång på gång när jag tyckte mig se Angelicas gestalt bland de uppträdande — hon skymtade både i reklamfilmerna och i huvudfilmen. På natten sov jag oroligt och vaknade upprepade gånger, min hjärna helt övertänd av henne, och låg och svettades och kramade i handen en liten rysk amulett föreställande madonnan och barnet, som hon en gång gett mig.

Jag ringde henne på förmiddagen, och så sågs vi nere vid Salutorget en stund. Därifrån flanerade jag ensam vidare.

På Kalevagatan mötte jag den gamle Atos Wirtanen som steg ut från restaurang Kosmos. Han hejdade mig för att berätta en anekdot om poeten Gunnar Björling. Björling hade varit bekymrad för att hans böcker sålde i så små upplagor. "Jag sa till honom att han skulle skriva som Diktonius, så skulle det gå bättre. Då såg han häpet på mig och sa: Jamen Diktonius — han tillhör ju de *stora*!" Atos skrattade hjärtligt åt detta, och jag stämde in. Atos hade regnrock på sig och portfölj i handen. Grått hår stack fram under hatten, han såg trött ut, men nu skrattade han med hela ansiktet så att alla de bruna tänderna syntes och ögonbrynen åkte långt upp i pannan. "Se, han hade sån respekt för Diktonius", tillade han förklarande och fortsatte ned mot taxistationen. Jag gick in på Kosmos.

Nästa dag träffade jag Angelica på Havis Amandas Café, där hon satt vid ett fönsterbord iförd en knallblå jumper och rökte en cigarrett i ett munstycke och såg ut som Pola Negri. Det svarta håret låg tätt efter kinderna och inramade hennes mycket bleka ansikte.

Jag hade redan varit på Kluuvin Pub och tagit två öl på morgonen, ty föregående kväll hade jag gjort mig en helafton på Kosmos tillsammans med goda vänner. Den lätta huvudvärken, eller "krapulan" som finnarna säger, manade mig att smyga in på Kluuvin Pub denna morgon och ta två öl vid disken. Halvmörkret därinne var så rogivande, och där satt många likasinnade.

Nästa kväll, min sista för denna gång, satt vi åter på Kosmos i var sin fåtölj. Vi var sorgsna. Hon frågade mig nästan anklagande varför jag hade valt henne, och jag kunde inte svara på det, eftersom jag inte tyckte att jag hade valt. Jag satt och betraktade henne, hon såg så djupt bedrövad ut, och jag började långsamt förstå att det inte var någon olyckshändelse att hon inte hade meddelat mig sin nya adress efter flyttningen... Jag följde henne hem vid midnatt. Vi stod på trottoaren och pratade en stund och lovade skriva ofta, och jag skulle snart komma tillbaka.

Visst har förälskelsen makt att förändra en människa. Se på mig, jag hade blivit sentimental. Jag kunde inte höra den enklaste schlager, inte se den banalaste kärlekshistoria på TV utan att bli så rörd att ögonen och näsan började rinna. Inte heller tålde jag oanständiga historier längre. Ekivoka skämt gjorde mig ursinnig. Men allt som var finskt hade blivit mig kärt. Jag hade börjat prata med finlandssvensk brytning, särskilt när jag fått lite i mig. Jag hade blivit en ivrig anhängare av finska krogar, finskt öl och Koskenkorva.

Slumpen ville att jag måste åka till Stockholm i slutet av maj, och från Stockholm är det ju inte långt till Finland. Dan före pingstafton kom jag dit, klev in på Kosmos och slog mig ner vid ett bord, där några personer satt som jag kände igen. Jag drack fredligt en flaska öl eller två, medan flera bekanta ansikten dök upp, och Katri nickade vänligt bortifrån köket. Det var fint att se dem igen.

Nämnde jag att jag hade varit tvungen att låna pengar för att kunna resa? Det hade jag. Min ekonomiska situation var långtifrån avundsvärd. Jag träffade nu Angelica på måndagen och tisdagen, och hon var oförskämt vacker. Kluuvin Pub var sig också lik. Lagom mörkt ute vid bardiskarna och dämpad skvalmusik inne i matsalen som alltid badar i ett dovt brandgult ljus. Jag kände igen "The Tender Trap". Vi åt Janssons frestelse eller, som det heter på finska, Jansoninkiusaus.

Jag bodde på Tölögatan den här gången, strax bakom Nationalmuseum; endast en kort promenad in till centrum. Och en kort promenad till Töölönrantas uteservering vid Tölöviken där jag satte mig om eftermiddagarna och läste i Tavaststjernas brev till Gabrielle Kindstrand.

Dessa brev skrevs under det första året av deras

bekantskap, före förlovningen. Eftersom Gabrielle turnerade med Rydbergska teatersällskapet i Sverige hade de inte tillfälle att ses så ofta, så breven blev många. "Jag, som sitter vid skrivbordet dagarna i ända, borde hon inte fordra långa brev av", skrev han. "Och ändå skriver jag som en tokig. Min korrespondens med henne är redan en hel volym, som hon kan giva ut efter min död och skriva ett företal till." Detta skedde mycket riktigt, och volymen fick titeln *Brev till Nixe*. Den kom ut 1923.

"Nixe" var Tavaststjernas smeknamn på Gabrielle. Han tilltalade henne helst i tredje person, kallade henne "flickan" eller "hon" och undertecknade "Han". Det är ingen lätt konst att skriva kärleksbrev, och Tavaststjernas blyghet drev honom att odla en sorts kärleksjoller, som kan vara påfrestande för en utomstående att ta del av. Men en utomstående har ju inte med det att göra. — Inte desto mindre läste jag dessa brev med intresse där jag satt på Töölönranta, för jag kände igen hans svårigheter att beskriva sina känslor. "Nu har jag alldeles glömt att Nixe är bara 21 år och icke kan känna till en inbunden finnes lynne och karaktärsegendomligheter", skrev han. "Jag är så skygg i mina bättre känslor att jag knappast vågar tillstå dem för mig själv, än mindre för andra, — det är min naturs och min uppfostrans fel. (...) Ser hon, hon är själv en icke alldeles enkel människa, — det fordras tid och hjärta och förstånd förrän vi träffa varandra utan mask och kunna kalla varandra verkligt du. Vill hon tro på min — ja, vad skall jag kalla det — tillgivenhet, så nekar hon icke att möta mig för en kopp kaffe i dag kl. 4 e.m. nära studenthuset..." Hesperiaparkens träd stod försommargröna, täta kring restaurangen och dämpade bruset från Mannerheimvägen. Jag läste, och medan jag väntade på att Angelica skulle komma, serverade mig kyparen kaffe ur en liten kopparkittel.

Det hade snart gått ett år sedan jag första gången träffade henne. En eftermiddag när vi satt på Töölönrantas uteservering och solade oss, sa jag till henne att jag nog inte skulle orka fortsätta på samma sätt ett år till. Då såg hon orolig ut och svarade att hon aldrig trott att hon var något problem för mig.

Jag försäkrade, att det var hon.

Då sa hon något väldigt rart, som ni inte har med att göra. Det var tisdag. Vi sågs igen på kvällen. Och på onsdag, då det regnade.

Men på fredag packade jag mina väskor i min ensamhet och tog en sista öl på Töölönranta. Nästa morgon for jag med dagbåten från Åbo och det var vackert väder, så de flesta ombord hade en angenäm sjöresa. Jag satt i kafeterian och drack då och då en klunk Aura och pysslade med en dikt.

Den smakade mig ingenting,
den ölen på Töölönranta.

Och alla flickor vid borden omkring
var skrämmande ointressanta.

Ingenting smakade mig i kväll,
allting var aska för min blick.
Skada på en så vacker kväll.
Skada på ölet jag fick.

Jag reser min väg, det är min sorg,
från henne jag älskar till Göteborg.
Ack, var gång jag såg henne mot mig gå —
aldrig blev jag så berusad som då.

Så vad kan man göra, vad tar man sig till?
Jo, man reser tillbaks — ty man kan vad man vill.
Ja, jag reser tillbaka, sist som först
— det var skada på så god törst!

X

Jag började på ett långt brev till henne samma dag som vi tagit adjö och fortsatte på det i Stockholm och Göteborg och Bohuslän, där jag firade midsommar. Det värkte i mitt hjärta, som det gör i visorna.

"Det är ett sorgligt faktum", skrev jag i brevet, "att jag för närvarande inte kan göra det jag skulle vilja. Jag vet knappt hur jag skall klara mig genom hösten — och är redan skuldsatt. Ändå är jag som vanligt fullständigt förtröstansfull, övertygad om att allt kommer att ordna sig och att vår historia kommer att få ett lyckligt slut... Men det är sorgligt att tiden går och vi är skilda åt."

Sedan, en eftermiddag i juli, ringde hon mig. Det var semestermånad och hon befann sig på resa i Sverige med familjen. Hon var i Göteborg, stod i en telefonkiosk nånstans. "Det är en vacker stad du bor i", sa hon. Vi kom överens om att den var grönare än Helsingfors. Hon fick nu erkänna att Göteborgs Konstmuseum var större än Nationalmuseum i Helsingfors. Sedan sa vi att vi saknade varandra. Jag ville träffa henne, men hon visste inte om hon skulle kunna bli ledig, och de skulle resa vidare samma kväll. Men om det gick skulle hon ta en taxi och komma och hälsa på mig.

Jag la på luren och såg mig nervöst omkring. Stora dammtussar på golvet: jag sopade genast upp dem. Mitt dammiga bord belamrat med sällsynta och goda böcker: jag torkade av det och la böckerna i högar. Sedan diskade jag fort som ögat. Lyckligtvis hade jag varit i Skatås på morgonen, sprungit och gymnastiserat, bastat och duschat, så jag var fräsch som en nyponros. Men jag var orakad. Vilket var viktigast: att ha öl hemma eller att vara rakad? Jag sprang ut och köpte öl. Gick därefter in i badrummet för att raka mig och fick syn på det smutsiga tvättstället. Tänk om hon ville tvätta händerna — fram med nagelborsten och skrubba det rent. Så rakade jag mig och tog på litet rakvatten av märket *Monsieur de Givenchy*. Bytte skjorta. Satte mig sedan i min fåtölj och läste i P. D. Ouspenskys roman "Ivan Osokins egendomliga liv".

Efter några timmar drack jag en flaska öl. Frampå kvällskvisten, när jag förstod att hon inte skulle komma, stekte jag mig ett ägg; jag var hungrig som en varg, hade ingen middagsmat hemma och hade inte vågat gå ut och handla. Och under kvällens lopp läste jag färdigt romanen om Ivan Osokin.

Den berättar om en ung man som mist sin älskade, den mörkögda Zinaida. Hon har rest bort från Moskva, men han hade inga pengar och kunde inte följa med. Han ska komma senare, säger han. Hon godtar inte hans förklaringar: om han verkligen ville komma så skulle han göra det till varje pris. Några månader senare får han höra att hon förlovat sig med en annan. Ivan Osokin försöker skriva henne ett brev för att förklara sig, misslyckas, förtvivlar, stoppar sin revolver i fickan och går ut. Men innan han gör bruk av den, besöker han sin vän den gamle magikern och lättar sitt hjärta för honom.

"Om jag bara hade anat hur det skulle gå", säger Ivan Osokin. "Men jag trodde så fast på mig själv och på min egen styrka. Jag ville gå min egen väg. Jag var inte rädd för någonting. Jag kastade bort allt som människor sätter värde på och jag såg aldrig tillbaka. Men nu skulle jag ge halva mitt liv för att få börja om och bli som andra."

Magikern ler vänligt och ironiskt.

"Jag har alltid skrattat åt allting", fortsätter Ivan Osokin, "och jag har till och med njutit av att förstöra mitt liv. Jag kände mig starkare än andra. Ingenting kunde kuva mig, ingenting kunde få mig att erkänna mig besegrad. Jag är inte besegrad. Men jag kan inte kämpa längre. Jag har hamnat i en sorts kärr. Jag kan inte göra en enda rörelse. Förstår du mig? Jag måste hålla mig stilla och se mig själv dras ner."

Om han bara hade vetat, säger han, så skulle han ha handlat annorlunda. Du visste, svarar magikern, och du skulle ha handlat på samma sätt.

Ivan Osokin ber att få leva om sitt liv från

fjortonårsåldern. Han skall minnas allt som han lärt sig under sitt tjugosexåriga liv, så att han kan göra allting annorlunda och rätta de misstag som ledde till att han förlorade Zinaida. Den gamle varnar honom: inte heller detta kommer att hjälpa och ingenting kommer att bli annorlunda.

Magikern sänder honom tolv år tillbaka i tiden. Ivan Osokin lever om sitt liv och allting upprepar sig med mardrömslik exakthet. Han vet vad som kommer att hända men skjuter det åt sidan. Efter varje stöt han får, slår det honom att det var just detta han hade föresatt sig att undvika. Men han förleddes av sin lathet, eller av någon tillfällig böjelse, och framför allt av att han var så uttråkad. Han *iddes* inte ändra på sitt liv, han orkade inte ens minnas att han skulle göra det. Åter tar han farväl av sin älskade Zinaida och försöker förklara för henne varför han inte kan följa med; några månader senare får han höra att hon förlovat sig med en annan. Han försöker skriva ett brev, misslyckas, stoppar revolvern i fickan och går ut och hamnar åter hos magikern.

Medan han ber denne om att bli sänd tolv år tillbaka i tiden, känner han igen sina egna ord, grips av fruktan och tystnar. Vad är detta för en fälla? Vad är det för ett hjul som går runt, runt? Denna fällan kallas livet, svarar magikern. Och han råder honom att leva vidare och inte använda revolvern. Ivan Osokin lovar att leva.

"Tror du förresten att du känner din Zinaida

väl", frågar magikern. "Hon bröt förlovningen tre dagar före bröllopet. Hon ämnade aldrig gifta sig med den andre. Endast du kunde undgå att inse det."

Ivan Osokin jublar. Nu är allt annorlunda. Han börjar göra upp planer för framtiden, han ska genast resa efter henne...

"Ingenting kommer att förändras", säger magikern.

Ivan Osokin förstår inte. "Käre vän", förklarar den gamle, "du bedrar dig än en gång. Allt är exakt likadant som det har varit ända till nu, och allt kommer att förbli detsamma."

Finns det då ingenting att göra? Magikern råder honom att ge upp sitt liv, offra Zinaida och överlämna sig åt honom. För att kunna förändra något måste han först själv förändras. Ivan Osokin går tankfull därifrån.

Det är redan morgon, när han vandrar hem genom Moskva. Kyrkklockor ringer, vagnar skakar förbi, gatsoparna är i arbete. Osokin ser sig om, och plötsligt sveper en överväldigande känsla över honom, att om han inte fanns till så skulle allt ändå vara exakt detsamma.

Så slutade den romanen.

Jag tittade upp från boken och såg mig omkring. Det var sent. Hon kom inte, tänkte jag, men jag fick åtminstone städat. Det behövdes.

När jag nästa morgon tog spårvagnen in till stan skymtade jag flera mörkhåriga kvinnor som jag i förstone tog för Angelica — det hade räckt med att höra hennes röst i telefonen, för att jag åter skulle se henne överallt. Men jag visste att hon redan hade åkt från stan.

Då jag satt på ett staket vid Korsvägen med solen i ansiktet och väntade på en god vän, var det dock med svårighet jag avhöll mig från att rusa fram till en kvinna, som jag bara såg bakifrån, som rörde sig som Angelica och var klädd som hon, i gul jacka och jeans. Hon hade sällskap med en annan kvinna och några barn. Hon böjde sig ned och talade förtroligt till ett av barnen medan de gick över gatan och försvann på andra sidan Korsvägen.

Nästa dag när jag kom hem på kvällen låg där ett kort från Angelica som visade att hon hade varit kvar i Göteborg dan före. Där låg också ett brev från en förläggare som av mig fått förslag på några böcker till översättning. Han var intresserad, och jag började genast räkna ut hur mycket jag skulle kunna öka mina magra inkomster med, blev nästan imponerad av vad jag kom fram till och kände mig förståndig och duktig.

XI

Jag var enfaldig nog att anförtro mig åt en kamrat i ett svagt ögonblick. Jag antydde för honom mina bekymmer, min plågsamma förälskelse i en gift kvinna — och han drog generat på munnen, som om jag sagt något oanständigt. Han anmärkte: "Världen är full av kvinnor. Mister du en står dig tusende åter!"

Det ändade vårt samtal. Jag begrep inte vad han menade och antog att han aldrig hade älskat eller också redan glömt.

En verklig vän fann jag i stället i Robert Louis Stevenson, vars essä om att bli kär, *On falling in love,* jag läste om gång på gång med den förälskades iver och den sakkunniges blick för alla nyanser och detaljer.

"Det finns bara en händelse i livet som verkligen förvånar en man", skrev Stevenson, "och som väcker honom ur hans färdiga åsikter. Allting annat sker honom i stort sett som han väntat sig. Händelse följer på händelse, med angenäm omväxling förvisso, men med föga som är vare sig upprörande eller gripande; det bildar knappast mera än en sorts bakgrund eller ett löpande ackompanjemang till mannens egna reflektioner. Han faller helt naturligt in i ett kyligt, gediget och leende tänkesätt och bygger upp en livsuppfattning där morgondagen förväntas följa mönstret från i dag och i går. Han kan ha vant sig vid sina vänners och bekantas bisarra uppträdande under kärlekens inflytande. Han kan ibland se fram emot det själv med en sorts obegriplig förväntan. Men detta är ett område där varken intuition eller andras beteende skall hjälpa filosofen att finna sanningen."

Stevenson skrev detta när han var tjugosex år och kär sedan några månader tillbaka. Sin utvalda, fru Fanny Osbourne, hade han mött i Grez, en liten by nära Fontainebleauskogen sydost om Paris.

Det blev en lång och besvärlig kärlekshistoria. "När till sist fjällen faller från hans ögon är det inte utan en sorts förfäran som mannen återfinner sig själv i så annorlunda förhållanden. Han har att handskas med befallande sinnesrörelser i stället för de lättvindiga antipatier och sympatier, bland vilka han dittills framlevt sina dagar; och han erfar en förmåga till smärta och njutning som han inte hade trott existerade. Att bli kär är det enda ologiska äventyr, den enda sak som vi frestas att betrakta som övernaturlig i vår triviala och förnuftiga värld. Verkan står inte i någon proportion till orsaken. Två personer, ingen av dem särskilt älskvärd eller vacker kanhända, träffas, samtalar litegrann och ser litegrann i varandras ögon. Det har skett dem ett dussintal gånger tidigare utan något större resultat. Men vid detta tillfälle är allt annorlunda.

De försätts genast i det tillstånd, där en annan människa framstår som själva kärnan och medelpunkten i Guds skapelse och förintar våra utstuderade teorier med ett leende. (...) Och hela tiden tittar deras bekanta på med häpnad och frågar varandra med nästan lidelsefullt eftertryck vad den-och-den kan se i den kvinnan eller den-och-den i den mannen? Jag försäkrar er, mina herrar, att jag inte skulle kunna svara."

Fanny Osbourne hade lämnat en otrogen make i Amerika och flytt till Europa med sina barn. När hon så småningom återvände, följde Stevenson efter henne på vinst och förlust. Han tog båten till New York, därefter tåg över kontinenten till Kalifornien, förstörde sin redan dåliga hälsa, kollapsade i Monterey och var nära att dö i San Fransisco. Han hämtade sig sakta, ompysslad av Fanny Osbourne, vars skilsmässa äntligen var fullbordad, och i maj 1880 gifte de sig. Nästan fyra år hade då gått sedan de först träffats.

Även Angelica var gift, och hade barn med sin make. Det var något som jag aldrig tänkte på, eftersom jag inte stod ut med tanken. Vi berörde heller aldrig saken i våra samtal. Men jag observerade ju att hon ofta måste avbryta vår samvaro för att springa hem och laga mat till man och barn eller för att hinna in i snabbköpet före klockan sex. Och när hon inte kunde träffa mig på helgerna, så var det för att familjen tog all hennes tid.

Detta måste få ett slut, och jag tyckte att det bästa

vore om hon skilde sig. När jag åter tog båten till Helsingfors i september var det för att föreslå något sådant. Hon borde skilja sig och flytta ihop med mig.

Den som såg mig stiga iland i Helsingfors den där septembermorgonen fick sig emellertid ett gott skratt.

Saken var den att det blåste storm i Stockholm. Jag såg med oro hur stunden för min avresa närmade sig utan att vinden mojnade. Men jag träffade min vän Harald strax före avgång, han är seglare och van vid sjön, och jag passade på att rådgöra med honom om hur man bäst skulle undvika sjösjuka. "Är det inte så", frågade jag, "att för att förebygga sjösjuka bör man genast man kommer ombord äta så mycket man orkar, samtidigt som man häller i sig några rejäla magborstare?" Och jag fick ett jakande svar.

Jag följde receptet. Den glade och pratsamme person som senare satt i båtens nattklubb och smuttade på sin vodka med lingondricka och diskuterade bostadssituationen i Finland och mådde som en prins, det var jag. Men det var också jag som nästa morgon satt nedsjunken vid en vägg med huvudet mellan knäna och försiktigt förde en flaska vichyvatten till läpparna. Några finnar skrattade och ruskade i mig och sa att vi var i hamn.

Med spårvagnen tog jag mig ned till Salutorget, där jag tänkte gå till Havis Amandas Café. Men det var för långt dit, säkert hundra meter, så jag fick mellanlanda på en bänk utanför Kapellet. Där satt jag med huvudet i händerna, och två poliser kom och petade på mig och sa saker till mig. Men de gick när jag svarade dem skarpt och nyktert.

Så reste jag mig igen och tillryggalade de sista tjugofem meterna och satte mig i cafét med en kopp te och en bulle och somnade över mitt bord.

Jag vaknade vid att någon såg på mig. Det var en gammal kvinna. Hon log med sitt rynkiga ansikte och såg på mig och rökte tankfullt en cigarrett. Hon hade ett runt ansikte och höga kraftiga kindknotor — en riktig finnkärring, som man säger. Jag gnuggade mig i ögonen. Hon nickade och sa:

"Jag är på väg till Rådhuset för att ta ut skilsmässa. Min son är alkoholist. Han har slagit mig många gånger. Och pappa säger ingenting... Pojken kommer hem med sina busar och super, och jag får köra ut dem. Då slår han mig. Och pappa han säger ingenting. Nu får det vara slut."

Hela tiden log hon ett hjärtegott, varmt leende, som fick mig att le tillbaka. Jag satte mig upp ordentligt i stolen och berättade att jag kom från Göteborg. Hon nickade igen.

"Göteborg... Jag ska vara på Rådhuset halv två. Vad är klockan nu?"

"Halv elva."

Jag prövade att ta en klunk av teet, som hade kallnat. Det gick ner. Bullen lät jag vara.

"Jag hade en dotter också", berättade hon. "Hon var så söt. Hon dog nu i maj. Bara tjugoett år gammal."

Hon fortsatte le. Jag kände mig nu helt kurerad av värmen från denna gamla kvinnas leende. Jag drack upp mitt te.

"Jag ska vara på Rådhuset halv två", sa hon.

"Jag ska träffa en flicka klockan elva", sa jag.

"Lycka till!"

Några kvällar senare talade jag om för Angelica att hon borde skilja sig och bereda sig på att flytta ihop med mig. Jag förklarade saken för henne vid en liten supé på en rysk krog, ett trevligt ställe med verkligt god mat, och sedan for jag hem till Göteborg och väntade på att få höra hur det gick.

Det kunde bara gå på ett sätt. Och bara jag kunde undgå att inse det.

Först var det tyst i flera veckor. Sedan kom det negativa svaret. Jag läste hennes brev och fick ont i magen: det började mola på en fläck i vänstra sidan. Jag skrev genast ett ilsket brev tillbaka, vilket lindrade något men bara tillfälligt.

I mitten av november reste jag till Helsingfors igen, fast hon inte ville att jag skulle komma, hyrde samma rum på Tölögatan som jag haft i början av sommaren och började dagarna med yoghurt och banan. Man skivar en banan i en tallrik yoghurt, det är en mycket mild frukost. Litet tråkig kanske. Men allt var tråkigt denna november, vädret var tråkigt, staden var tråkig och till och med Angelica var tråkig de första dagarna. Sedan blev det roligare. Det blev riktigt trevligt till slut, och jag stannade i sex veckor. Helsingfors var lika regnigt som Göteborg och den snö som föll förvandlades till slask. Framför Centralstationen bildades en hel sjö av slask.

Och sedan blev det jul.

Då var jag redan hemma igen, skrev brev och fick brev och fantiserade och var hoppfull igen. Och det gick mot en ny vår. Så tycktes det.

XII

Åbo är Finlands andra stad. Den är med rätta berömd för det vackra inloppet genom skärgården, för de idylliska akademikvarteren kring Biskopsgatan och för sin minnesrika Domkyrka där Karin Månsdotter ligger begravd. Vita båtar kommer stävande dit från Stockholm och en morgon i februari gled jag själv in i hamnen och möttes av Åbo Slott, som står på vakt där, grått och allvarsamt.

Det finns mycket att se i Åbo, jag planerade bl. a. ett besök på Klosterbacken, det stora hantverksmuseet. Dessutom hade jag stämt möte med Angelica vid Konstmuseet. Hon hade flyttat till Åbo.

Genom Åbo flyter en å, som heter Aura och som har fått ge namn åt det goda öl som bryggs i staden. Det finska ölet är förnämligt. Berömda utländska sorter som Tuborg och Heineken har aldrig lyckats komma in på marknaden i Finland, eftersom de inte står sig i konkurrensen. Och *Aura* är ett av de bästa märkena. *Lapin Kulta* är ett annat.

Flickan i informationskiosken på Salutorget rekommenderade mig att ta in på Keskushotelli, bara några hundra meter därifrån. Jag promenerade dit och ställde min väska, gick sedan tillbaka samma väg, förbi torget, och tog av upp till höger. Där på krönet av backen låg Konstmuseet.

Jag såg på långt håll hennes bleka ansikte med det svarta håret bakom glasrutan i museiporten. Jag tog två trappsteg i taget och hon kom springande ned. Jaha, så var jag i Åbo.

Man kommer ut, och man får se en hel del nytt, när man har en fix idé. I varje passionerat förhållande finns det väl ett inslag av fix idé. Men i "kärlek med förhinder" hotar det inslaget att ta överhanden. Även jag reds av min fixa idé, liksom av äkta betagenhet i denna kvinna, som jag gjort till föremål för mina ömma känslor —. Det hade i alla fall fört mig till Åbo, en vacker stad. Jag kan rekommendera Hamburger Börs' uteservering. Den var förstås inte öppen i februari, men Bragekällaren var öppen och den är också trevlig.

Jag stannade två dar i Åbo och tog farväl av henne på busstationen. Hon skulle ut och åka buss nånstans. "Sköt om dig nu, etc." — "Sköt om dig du också, etc. etc." Jag sneddade över den stora bussplanen, stannade och vinkade och fortsatte uppför backen till Trätorget. På Trätorget står samma staty som vid Näckrosdammen i Göteborg, "Vänskapsbanden knytas", en pojke och en flicka på var sin häst. Jag läste texten på sockeln: "Originalet till denna staty uppfördes i fadderstaden Göteborg av medborgare i Åbo".

Också Tavaststjerna hade haft minnesvärda stunder i Åbo. "Vår dag i Åbo har jag svårt att glömma", skrev han i ett brev till sin fästmö den 14 juni 1890. "Jag hade givit mycket för att hon försummat båten eller för att jag kunnat följa med. (...) Jag tror jag aldrig mera tager avsked av Nixe — det gör för ont."

Det blev ju också giftermål så småningom. Och sedan landsflykt.

Efter sommaren på Rügen, där han skrev *I förbund med döden,* tillbringade Tavaststjerna en vinter i Berlin tillsammans med sin hustru. Den unga frun hade hand om ekonomin, som inte var lysande, och hon lär ha blivit rasande var gång maken var oförnuftig. Det var han alltsomoftast, om man får tro en av hans krogvänner, norrmannen Gabriel Finne:

"Hans fru, en förtjusande ung svensk skådespelerska, var sin mans ekonomiska försyn. Hon var som en hyena så arg, när han hade varit oförnuftig. Och det var han, med några veckors mellanrum."

Finne skrev sedan om sin vänskap med Tavaststjerna i en nekrolog som aldrig blev färdig och aldrig trycktes. Den återfanns bland Finnes efterlämnade papper:

"Tavaststjerna var till det yttre oklanderlig som få gentlemän. Han såg istrist ut som en valross, med de hängande mustascherna. Hans ögon var grå, stålgrå, stora. De lyste av humor, de grät, de förstod allting.

Tavaststjerna kom då och då upp till mig, satte sig ned, såg på mig med sina humoristiskt trötta ögon och frågade, om jag förstod ett dyft av det hela. 'Nej', sa jag, 'jag förstår inte ett dyft.' — 'Så går vi på vift då!' sa han. 'Allright', sa jag och tog rocken på mig."

På våren 1894 lämnade Tavaststjerna Berlin och hyrde in sig på ett gods i Närke. En samling noveller kom ut, *Kapten Tärnberg med flere berättelser*. Han stannade i Sverige hela det året och halva nästa. Hustrun var för det mesta på turné i Sverige eller Finland, och vintern i Stockholm blev dyster. Hans arbetskraft var nedsatt av sjukdom. Han avslog ett anbud om att bli redaktör för en arbetartidning i Helsingfors med motiveringen att han var alldeles för överretad och döv och dessutom inte hade några intressen gemensamma med kroppsarbetarna. Men när han strax därpå fick erbjudande om att bli redaktör för Hangös lilla tidning accepterade han.

Med en åländsk lots som gast ombord seglade han ut från Furusund i en kutter. Det var i september, regntjocka och byig nordanvind. I kvällsmörkret gick de genom en av de farligaste delarna av Ålands skärgård oskadda, övernattade i ett fiskeläge och nådde nästa dag Hangö under full nordväststorm. Det var en segling i Tavaststjernas smak. Den resulterade i en prosaskiss, *Pettersson* (det var lotsen), och en dyster dikt, *Hemåt i höstregn*.

I missmodig stämning återvände Tavaststjerna till Finland. "Hälsan han jagat efter hade flytt honom", skriver Werner Söderhjelm, "i stället hade han nåtts av de mest slitande kropps- och själskval, och suset av den mörke härjarens vingar hade han förnummit helt nära."

Tjänsten i Hangö blev kortvarig. På nyåret flyttade han till Björneborg och tillträdde posten som chefredaktör för Björneborgs tidning, ett blad som utkom två gånger i veckan i 350 exemplar. Det löste hans ekonomiska problem men medförde en nästan fullständig social isolering. Han kände sig levande begravd. Arbetet intresserade honom inte, hustrun befann sig för det mesta i Tyskland, han vantrivdes förtvivlat i Björneborg och drack mycket.

"Jag har till sällskap i mina fjorton rum en jungfru, som lagar dålig mat, och en hund, som väcker mig med skällningar just när jag skall somna... Aldrig har jag drömt om ett värre andens inferno." — Nej, vad han hade drömt om var att få något slags belöning för sitt arbete. När hans pjäs *Uramon torppa* (en dramatisering av *Hårda tider*) hade haft premiär på den finska scenen några år tidigare hade han i hemlighet hoppats på en lagerkrans, vilket han ansåg vara den förnämsta belöning en diktare kunde få. Tyvärr visste ingen om hans önskan, annars hade det ju varit lätt att ordna. När han nu närmade sig sin mannaålders höjd, hade han sett fram emot medborgerligt erkännande, materiellt oberoende och någon form av personlig lycka. I stället såg han "sin egen förr så spänstiga natur böjas och det, vad han skattade högst, hälsa, styrka, frihet och skönhet, just nu, när han skulle behövt det så väl, allt mera förvandla sig i en onåbar längtan" (Werner Söderhjelm).

I detta uppgivna tillstånd skrev han några av sina bästa dikter, *Det blir så tyst omkring mig, Och finns det en tanke, som dröjer hos mig,* m.fl. De ingick i samlingen *Dikter* som kom 1896.

Sommaren 1897 fanns Tavaststjerna bland badgästerna i Visby. Han skulle vila och sköta sin hälsa. Slumpen ville att Selma Lagerlöf och Sophie Elkan också var i Visby och att de åt sina middagar på samma ställe som han, i paviljongen i Botaniska trädgården. De blev bekanta. "Hela ansiktet var förunderligt grått", berättade Selma Lagerlöf senare. "Det var inte blekt eller färglöst, utan verkligen grått, liksom täckt av en slagskugga, som aldrig ville vika. Grå kläder hade han också, vida och mjuka och av en utländsk snitt."

Han var äldre än de och mera berömd. De imponerades av hans skarpa intelligens, "som uppenbarade sig i vart ord" under de dagliga samtalen, och de hoppades att han snart skulle sätta igång igen med skrivandet. "Om han bara ville ta itu med något på allvar! Vi trodde, att han kunde nå upp till vad som helst."

De blev förvånade när de upptäckte den sportiga sidan av hans personlighet; de hade uppfattat honom som en fin världsman, hemmastadd i Paris och Berlin, i Stockholm och Helsingfors. Tavaststjerna avslöjade sig som uthållig och ivrig cyklist, och de förstod av vad han berättade att han var särskilt förtjust i segling, i synnerhet när det var fara å färde — "Storm och regn, det var Tavaststjernas väder."

Han lät dem förstå, att han planerade ett större diktverk, något som skulle kunna jämföras med Faust eller Kung Fjalar, och som skulle göra honom odödlig. Hans tidigare böcker hade bara varit försök, flyktiga alster — han hade alltid haft så lätt för att författa men aldrig gett sig tid och ro till att åstadkomma något stort.

I Visby började han dikta igen efter en lång tids tystnad: först ett poem som skulle läsas upp på en fest vid badhuset. Han visade det stolt för Selma Lagerlöf och Sophie Elkan och vad de såg gjorde dem förskräckta. Dikten hängde inte ihop. Det tycktes dem som om det uppstått någon skada på maskineriet i hans hjärna. "Han hade formgivningens gåva kvar, men de finaste och ömtåligaste delarna av intelligensen tycktes vara på ett besynnerligt sätt skadade och tjänstgjorde inte, som de borde."

Några dagar senare tog han itu med det tänkta storverket, *Laureatus,* ett versepos som skulle behandla ett tragiskt finskt diktaröde av samma slag som Wecksells eller Kivis. Hjälten skulle vara en missförstådd och galen poet, dömd till lidande och undergång. Den som försöker ta sig igenom boken förstår vad Selma Lagerlöf menade. Den hundra sidor långa dikten är oläsbar.

Samtidigt komponerade han en novellsamling som var både lättläst och underhållande, *Lille Karl,* och som innehöll berättelser från barndomen. Flera av novellerna var nyskrivna, på en enkel och trevlig prosa.

Ytterligt deprimerad avslutade Tavaststjerna *Laureatus* på hösten 1897. Kort därefter kom Strindbergs *Inferno* ut och Tavaststjerna läste den. Den gjorde ett djupt intryck. "Underliga samband mellan hjärnorna i vår tid", utropade han, "oförklarliga samband, som ej kan förnekas, emedan det finns till!!" Han författade strax en artikel till försvar för *Inferno,* som hade kritiserats i en finsk tidskrift. Och i ett brev till en vän i Paris skrev han: "Gå och sök upp Strindberg, sök upp honom från mig, tryck hans hand så hårt du kan och säg att han har medbröder i Inferno. Jag förstår och känner varje liten skildring i det arbetet. — Du gör honom möjligen en glädje därmed, gör det därför! Säg att jag har skällt ut hela den finska kritiken för den ej förstår sig på flykten i vansinnet!"

Hösten i Björneborg genomleds i ensamhet och tristess. Till julen kom både *Laureatus* och *Lille Karl* ut. De blev Tavaststjernas sista böcker.

En afton i maj satt jag åter på Bragekällaren i Åbo och väntade på Angelica. Timmarna gick, jag visste att hon var på en fest med sina gamla klasskamrater.

När jag gett upp hoppet om att hon skulle

komma, lämnade jag restaurangen vid halvtolvtiden. Då såg jag henne gå nere på Universitetsgatan i sällskap med en väninna. Hon tog avsked av väninnan och förklarade för mig att hon inte hade kunnat bli fri tidigare. Jag var glad att hon hade kommit alls. Vi gick till Societetshusets bar. Den var nästan tom och mycket trist. Det gjorde inte mig något, jag skulle med glädje suttit var som helst med henne. Hon hade på sig en mörk klänning, väldigt söt men kanske litet för skolflicksaktig, som hon själv sa. De stängde snart baren och vi gick därifrån. Det var tomt på Åbos gator om natten. Vi gick ned till Auras strand och följde den ett stycke. Vi pratade, utan att våga nämna det som plågade oss. Vi stannade i ett gathörn; nästa morgon gick min båt tillbaka till Sverige. "Hur ska vi nu göra med vårt skrivande i fortsättningen?" sa jag. Hon hade förberett mig på att hon ville säga adjö för alltid och att vår korrespondens borde upphöra. "Det är kanske bäst att inte bestämma nånting", sa jag. "Det är kanske bäst", sa hon. Vi kysstes godnatt. "När kommer du nästa gång", frågade hon. Jag sa, att jag kunde komma tidigast i början av september. Vi kramade om varann, och jag stod kvar och såg efter henne när hon sprang snett över gatan till huset där hon bodde. Jag mötte inte en själ under min vandring tillbaka till Tuulimylly hotell. Allt var tyst. Jag hade på mig en ganska ny lång trench-coat, svarta byxor och vita sommarskor. Jag hade också en vit skjorta, som jag bar för första gången. Jag hade trott att jag inte tyckte om vita skjortor, ända tills hon råkade nämna att hon tyckte om dem; då kom jag underfund med att jag inte hade något emot vita skjortor. Så hade jag köpt den här. Jag höll händerna i rockens fickor och kände mig inte ledsen, inte glad, och ganska lätt till sinnes. Jag anade inte att det skulle dröja år, innan jag fick se henne igen.

*

Jag kan höra alla psykologer bland läsarna, som nu frågar: hur blev han sådan, hur var barndomen, hur var uppväxten? Jag har själv ofta ställt mig de frågorna. Ibland, över ett cafébord eller på en promenad i Helsingfors, gjorde jag ivriga försök att förklara för Angelica vem jag var och hur jag blivit den jag var. Men något vanskligare har jag sällan gett mig in på, ty, som Stevenson har sagt, "även om det kan ha varit en svår sak att måla bröllopet i Kana eller skriva den fjärde akten av *Antonius och Kleopatra*, så väntar ett svårare konststycke var och en som vill försöka förklara sin egen karaktär för andra".

Jag grep mig an detta svåra konststycke gång på gång utan att lyckas; hade jag inte haft en åhörarinna som var så tålmodig och tolkade allt till det bästa, så skulle fiaskot ha varit ett faktum.

Fiaskot blev på så sätt uppskjutet — till nu, för nu tänker jag försöka igen. Vad som följer på de närmaste sidorna är en självbiografi. Den består av tjugofyra mycket korta texter.

"Jag är en av de få människor i världen som inte glömmer sina egna liv", skrev Stevenson. Ja, få är förvisso dessa, och de flesta memoarskrivare hör inte dit. Människan är ju "såsom en, den där sover mitt i havet, och såsom den där sover ovan på en mast" (Ordspråksboken) och de flesta av oss minns inte våra liv därför att vi har sovit bort dem. Vi har levat blott glimtvis. Så jag tänker visa några stillbilder ur min levnad: "Pappas grogg", "I Pariserhjulet", "Rabarber", "En minnesvärd kväll" m.fl. Det får bli mina memoarer.

Vissa hågkomster

Vi har vissa hågkomster som är som det holländska måleriet i vårt minne, genremålningar där personerna ofta är av medelmåttig ställning, fångade vid ett mycket enkelt tillfälle i sin levnad, utan högtidliga händelser, ibland utan några händelser alls och i en ingalunda märkvärdig eller storslagen ram. Figurernas naturlighet och scenens oskyldighet utgör behaget däri, avståndet lägger mellan detta och oss ett milt ljus som översköljer det med skönhet.

Marcel Proust

Lördag morgon Place Pigalle

Den vår, när jag bodde på norra sidan av Montmartre, promenerade jag ofta över kullen ner till Place Pigalle. En lördagsmorgon när jag gjort den promenaden lade jag märke till två ryssar som satt vid ett trottoarbord — den ene höll en anteckningsbok i handen och deklamerade en dikt för den andre. De var i medelåldern, deras kavajer var skrynkliga, de var orakade och rufsiga i håret, och deras kinder var våta. De bar alla spår av en genomfestad natt. Många förbipasserande kastade en nyfiken blick på de båda ryssarna, och en och annan stannade och lyssnade till det mjuka, vackra språket. Solen sken. Också jag stannade och såg på de två männen som satt böjda mot varandra med huvudena nästan ihop, den ene läste och gestikulerade, den andre nickade ivrigt och lyssnade med slutna ögon, och båda grät.

Pappas grogg

Att trädgårdsmöbeln var grå och "behövde målas", det minns jag, och att gräset var långt och "behövde slås". Och att det var i Kvarnabo på en skogig höjd vid sjön Anten. Framemot kvällen satte sig min far i trädgårdsmöbeln och drack en grogg före maten med mig på sitt knä. Jag bemödade mig om att sitta lika stilla som han — och det var inte svårt, för hans fridfullhet och välmående smittade av sig, han utstrålade en ro, som i mitt medvetande blandade sig med doften av konjak och vichyvatten — och skogen stod så mörk och stilla, och sjön låg blank. Då och då sa han några ord om hur vacker Anten var när solen gick ned. Och han drack högtidligt ur glaset. Jag tittade på sjön jag också, utan att förstå vad han menade med "vacker" och utan att bry mig om det heller, för jag trivdes så bra ändå där i pappas knä. När jag blev stor, skulle jag också bli kraftig och stark och lugn och ha vit keps och sitta alldeles stilla på kvällarna med ett jättestort glas i handen och se ut över en sjö och säga att den var vacker.

Knappt en dagsled

"Nyss på löddrig häst ett ilbud sprängde in i Pallas'
stad,
och ett rop av ångest genljöd under kolonnaders
rad:
goten kommer, goten kommer! I går afton stod
han ren
knappt en dagsled, ve oss, ve oss! knappt en
dagsled från Aten!"

Min mor stod mitt på köksgolvet och deklamerade. Jag var ende åhörare. När hon läste något högtidligt, brukade hon understryka högtidligheten genom att skorra på r:en — och det gjorde hon nu:

"Roma, du som tog vår frihet, för att ge oss
skygd och värn,
o, var äro dina örnar, dina legioners järn?"

Viktor Rydbergs "Dexippos" var bara en av flera långa dikter som hon kunde utantill. Det var den hon deklamerade oftast. Utanför det ena köksfönstret växte en jasminbuske, och utanför det andra en syren, som aldrig blev särskilt stor, den stod inte så bra där. Rododendronbusken mellan dem trivdes däremot. Ljuset silade in mellan jasminbuskens blad och föll på köksbordet, och kanske också på mig, ty där satt jag och lyssnade. Eller om jag stod i dörröppningen till matsalen... Det är nu åtskilliga år sedan, och avståndet sprider ett särskilt skimmer över allt det där — ett särskilt skimmer som kommer sig av att man både minns och inte minns. Men ibland är det inte fråga om att minnas; ett och annat har jag tagit med mig oförändrat därifrån; fortfarande finns det inget som klingar så ödesdigert som detta:

"Goten kommer, goten kommer! I går afton
                stod han ren
knappt en dagsled, ve oss, ve oss! knappt
                en dagsled från Aten!"

Det där är jag

Det var inte alltid lätt att få min bror att leka med mig. Han var tre år äldre och ansåg sig för stor för att leka med småbarn. Nu hade jag i alla fall plockat fram våra tennsoldater och övertalat honom att leka krig med mig. Han tog befälet — "Jag är överste", sa han och valde ut den största tennsoldaten. "Det där är jag", sa han.

Men jag då? "Du får vara underste", sa han. Det gjorde mig stolt. Jag pekade på den näst största soldaten: "Det där är jag!" Sedan samlade vi våra trupper i ett hörn av golvmattan, varefter kriget började.

Jag hade så roligt, att när jag hörde min far komma hem, var jag tvungen springa och berätta för honom och för mamma, att vi lekte krig och att jag var *underste*! De log — av stolthet, trodde jag, över att ha en så betydande son.

Han åt upp den

Vi ringde på dörren. En tant kom och öppnade och frågade vad så många barn kunde vilja. "Ingela har fått en kattunge!" När den beundrats och klappats av tanten, gick vi vidare till nästa hus. "Vi har en kattunge!"

Det mest spännande var att ringa på i hus där vi inte kände någon. En gammal dam tog emot oss ytterst vänligt: "Har ni en kattunge? Då får ni komma in allesammans och få en chokladbit." Alla barnen tågade in i vardagsrummet utom en pojke som stannade kvar därute, jag minns inte varför. Choklad delades ut, och jag som såg ordentlig ut fick en extra bit att ta med till den som väntade utanför. Tanten pratade med oss en stund, och så frågade hon: "Har du nu chokladbiten till din lille kamrat?" Nej, den var borta. "Du har kanske ätit upp den också", skämtade tanten och gav mig en ny. Så klappades kattungen en stund till, och så frågade hon: "Har du nu chokladbiten till din lille kamrat?" Nej, den var spårlöst borta. Jag kunde inte begripa vart den hade tagit vägen. Men ett av de andra barnen sa: "Han åt upp den, jag såg det!" Jag förnekade detta, och fick en ny bit till min lille kamrat. Det dröjde inte länge förrän den var försvunnen lika oförklarligt som de andra.

Det var ju rena trollerit! Fyra gånger upprepades det — men det var alltid någon som påstod sig ha sett vad som skett — "Han åt upp den också!" Till sist fann tanten för säkrast att anförtro chokladbiten till ett annat barn. För mig var saken ett mysterium; den vänliga gamla damens vardagsrum tycktes mig allt kusligare för varje chokladbit som försvann.

Jag funderade sedan på den där händelsen och blev tvungen att erkänna för mig själv, att jag tydligen ibland gjorde saker utan att veta om det. Det gjorde mig häpen. Var jag ensam om detta? Jag började mera noggrant iaktta andra människor för att se om de led av samma åkomma — och då blev åtskilligt av deras förut gåtfulla beteende begripligt för mig. Folk visste inte vad de gjorde!

I Pariserhjulet

Jag hade väl hört det många gånger redan i mitt unga liv utan att fästa något avseende vid det. "Damerna först" hade man sagt, ibland också till mig, fast då mera på skämt, jag var ju inte så stor. Inte mera än tio år kan jag ha varit denna kväll då jag fick gå ensam med pappa på Liseberg. Jag minns inte vad jag hade gjort för att förtjäna detta, jag hade kanske varit duktig i skolan. Pariserhjulet — det ville jag åka! Vi satte oss i en korg och fick sällskap av två damer, som slog sig ned mitt emot oss. Upp i luften bar det, och nu observerade jag något underligt: pappa verkade inte alls intresserad av utsikten, han till och med glömde att visa sig snäll mot mig, han bara pratade med damerna. Han sträckte på sig och skojade och fick dem att skratta gång på gång. Jag visste inte då vad en kvinnas närvaro kan göra med en man och iakttog förvandlingen i stum förvåning. Jag var rentav glad när åkturen var slut. Vi stannade nederst, och en vakt kom för att öppna grinden till vår korg. Då lade pappa handen på mitt ena lår. Där gick grinden upp och jag störtade fram för att springa ut — nej, jag satt fast! — jag kom inte en centimeter! Pappas hand höll mig nere, och helt förbluffad över hur stark han var blev jag sittande kvar och bockade åt damerna, som leende reste sig och gick ut först, medan pappa lyfte på hatten. Sedan gick vi. Han berörde inte saken med ett ord och inte jag heller, men jag hade förstått... Damerna först.

Fiskaren

"Jag ska berätta en historia för dig", sa min mor.

Nyss hade jag fantiserat för henne om allt jag skulle göra när jag blev stor: hur fin jag skulle bli, så stort hus jag skulle ha och så mycket jag skulle köpa... Nu satte jag mig och lyssnade.

"Det var en gång en fattig man", började hon, "som satt i solskenet på en strand och metade. Då kom det en rik man gående. Han stannade och pratade med fiskaren. 'Varför sitter du här?' sa han. 'Du som är i dina bästa år ska inte sitta här och lata dig. Vad gör du med fisken?' — 'Den äter jag upp eller kastar tillbaka i vattnet.' — 'Du skulle gå till torget och sälja fisken', sa den rike. 'Med tiden skulle du kunna köpa dig en eka och ett nät och tjäna mycket pengar.' — 'Och vad skulle jag göra med dem?' undrade fiskaren. 'Du skulle spara dem på banken', sa den rike, 'tills du kunde köpa dig en riktig fiskebåt. Sen skulle det inte dröja länge innan du kunde köpa flera båtar. Du skulle bli direktör för en stor fiskeflotta och bli en rik och betydande man!' — 'Och vad skulle jag göra sedan?' — 'Sedan kunde du göra vad du ville!' utropade den rike. 'Du kunde resa vart du ville, ta semester när du ville. Du kunde sitta i solen på en strand och meta hela dagarna och bara lata dig!' — 'Det är ju det jag gör', sa den fattige."

Rabarber

Med sin nya åttamillimeters filmkamera tog min far itu med att filma familj och släktingar. Då var det ännu inte så vanligt med filmkameror. Min mormor var den enda som hade blivit filmad förut och hon gav goda råd åt oss andra: man måste prata hela tiden och röra sig och se glad ut, så att det blev liv i filmen. Eftersom man ofta inte kunde hitta på något att säga just när kameran gick, så kunde man före tagningen komma överens om att säga, till exempel, "Rabarber, rabarber". Huvudsaken var att man rörde på munnen. I en scen kommer min mormor ut ur vårt hus iklädd kappa och en hatt med ett litet flor på och går i riktning mot kameran. Hon lägger huvudet på sned, ler mot kameran och pratar. Jag, som kände till hennes knep, kunde läsa på läpparna att hon sa: "Rabarber, rabarber, rabarber."

Och jag blev uppmärksam på detta också i andra sammanhang. I radioteatern för flickor och pojkar lyssnade jag på "Skattkammarön". Piraten John Silver delade ut order till sina hejdukar, och de svarade med missnöjt mummel. Jag hörde att de mumlade i kör, långsamt och missnöjt: "Rabarber, rabarber..."

Sedan dess har jag fortsatt att hålla öronen öppna, och jag har fått höra samma sak litet varstans. "Rabarber, rabarber."

En rolig historia

Min far berättade ofta roliga historier. Det tyckte vi barn var skojigt, både för historiernas skull och för hans sätt att berätta dem. I samma ögonblick han nådde fram till poängen brast han ut i ett högljutt skratt, ett hjärtligt, smittande skratt, som drog alla med sig. Han berättade inte historier för att göra sig populär, han berättade dem bara därför att han inte kunde låta bli. Det började lysa ur hans gråa ögon när han kom att tänka på en rolig historia, och medan han berättade ryckte det i mungiporna – tills han då äntligen kom fram till poängen och fick brista ut i sitt våldsamma skratt som överröstade alla. Ingen kunde låta bli att skratta med. Ansiktet blev rött och i pannan svällde en åder, som vi barn fascinerat stirrade på. Ibland trängde en tår fram i ögonvrån.

De flesta av historierna uppskattades även av oss unga lyssnare. Det fanns förstås sådana som man inte förstod, och det fanns sådana som man tyckte att man förstod, men ändå begrep man inte varför pappa måste berätta dem gång på gång. En sådan historia var den om de två indianhövdingarna som var bjudna på frukost till presidenten i Vita huset.

Presidenten dröjde, och medan indianerna väntade undersökte de vad som stod på frukostbordet. Där fanns en sak som de inte kände igen: en burk senap. De kom överens om att smaka på den, och den ene tog en rejäl sked och stoppade i munnen. Hans ansikte förrådde ingenting medan han sakta tuggade och svalde, men tårarna började rinna nerför kinderna. (Pappa demonstrerade hans gravitetiska tuggande.) "Hur smakar det?" frågade den andre indianen. "Gott." — "Varför gråter du då?" — "Jag gråter", sa den förste indianen, "för att dom hängde gamle Joe." Då tog även den andre indianen en sked senap, stoppade den i munnen och började tugga. Inte med en min förrådde han vad han kände, men tårarna kom i ögonen och rann nerför ansiktet. "Och vad gråter *du* för då?" frågade den förste indianen. "Jag gråter", sa den andre (och här gjorde pappa rösten tjock av gråt), "för att dom inte hängde dig samtidigt med gamle Joe!"

På Cabarethallen

Goda komiker ser man inte ofta, men den kvällen på Cabarethallen fanns det flera stycken. Carl-Gustaf Lindstedt gjorde sitt berömda trick med fällstolen. Charlie Rivel hade uppträtt, och nu började ett nummer med tre akrobatiska clowner... Vi var där hela familjen och jag vill minnas att gamla farmor var med också. Det bör ha varit på sommaren. Och själv bör jag ha varit i tolvårsåldern, jag satt med pappa på min högra sida och en okänd kvinna med tragiskt ansiktsuttryck på min vänstra.

Mellan mina egna skrattsalvor hade jag sneglat på denna bleka, vackra kvinna som utan att röra en min åsåg alla roligheterna. Carl-Gustaf Lindstedt, Charlie Rivel — ingen kunde få henne att le. Hon var ensam och satt hopkurad i sin kappa, som om hon frös, och stirrade sorgset på scenen... Clownerna hade nu fått in en studsmatta som de hoppade omkring på. En av dem gjorde ett ganska lustigt trick: han hade ett par så elastiska hängslen, att hans säckiga clownbyxor åkte ner till anklarna för varje hopp. Och där hoppade han ur byxorna helt och hållet och fortsatte skutta omkring i kalsongerna! Han hade storprickiga kalsonger. Till vänster om mig hörde jag ett egendomligt väsande ljud.

Jag tittade dit. Den tragiska kvinnans mun stod på vid gavel, ett svart hål i det likbleka ansiktet, och ögonen var uppspärrade. Hon kippade efter luft — och skrattade så tårarna rann. Ett pipande väsljud hördes på nytt, när hon kastade sig fram i en skrattparoxysm...

Tankfull lämnade jag Cabarethallen efter föreställningen. Jag hade ofta hört de vuxna tala om humor — att ha humor och inte ha humor... Men ingen hade kunnat förklara vad det var. Jag lade noga på minnet allt vad jag hade sett.

Vad heter du?

Femton år är en svår ålder, och den var min, där jag stod framför en bokhandel på Redbergsvägen och väntade på min mor som bara sprungit upp till mormor ett ögonblick. Utanför bokhandeln fanns en hylla med billiga böcker, som jag stod och tittade på — när en drucken man stegade fram till mig. Att han var alkoholist kunde man gissa av det plufsiga ansiktet, de ilskna, blodsprängda ögonen och den slappa munnen med en fläck levrat blod i mungipan. Han mönstrade mig hotfullt. "Vad heter du?" röt han till. Jag blev rädd. "Claes", sa jag svagt. *"Ryck upp dig, Claes!"* Han stirrade mig rasande in i ögonen, som om han nätt och jämnt kunde avhålla sig från att bära hand på mig. Så vände han tvärt och började gå uppför backen mot Systembolaget.

Darrande andades jag ut och försökte återvinna fattningen. Jag började nervöst plocka bland böckerna igen. Då stannade han mitt i backen, snodde runt på klacken och knöt näven mot mig: "Akta dig!" röt han.

Drottningen av Saba

När den unge Evert Taube gick till sjöss som sjuttonåring, det kan man läsa i hans memoarer, fick han bara ett råd av sin far, sjökaptenen och fyrmästaren: "Bevara ditt sinne rent!" Ett gott råd, ty ett rent sinne är en ointaglig fästning, och ett oskyldigt hjärta ynglingens bästa vapen.

Själv var jag också sjutton år och på sommarferier i England, när jag blev föremål för en kärleksförklaring från en karl som jag hade stött ihop med ett par gånger på en pub och som hade bjudit mig på en öl. "Du förstår, invärtes är jag som en flicka", sa karlen, "jag tycker bara om pojkar. I går kväll låg jag och klappade min kudde och pratade med den och låtsades att det var du."

För en yngling som ansåg att Gina Lollobrigidas bröst utgjorde skapelsens krona var detta rena snurren. Jag hade sett "Drottningen av Saba" två gånger. Gina Lollobrigida spelade drottningen och Yul Brynner kung Salomo. En bra film.

Karlen halade upp sin plånbok och viftade med en tumstjock sedelbunt. "Om du vill bli min vän, ska jag ge dig en trevlig ferie", sa han.

Den scen som jag för min del tyckte bäst om i filmen var en backanalisk fest, som avbröts av ett åskväder — och i hällande regn flydde en lättklädd Gina Lollobrigida tillsammans med Salomo in i en grotta, medan natten uppfylldes av blixtar. Yul Brynner var en flintskallig och trist typ som jag lätt skulle ha brädat om jag hade varit på plats, tänkte jag.

Men den stackars karlen bredvid mig såg nu så olycklig ut att jag ville säga något vänligt. "Jag har läst i en bok om yoga", sa jag till honom, "att man genom sexuell avhållsamhet kan använda den sexuella energin till att utveckla dolda själskrafter. Varför försöker du inte det?"

Då log den olycklige mannen nästan roat.

Vad jag inte visste då, var att människor älskar sitt lidande och vägrar ge upp det. Olyckan binder en ännu hårdare än lyckan. Ingen överger frivilligt sitt lidande...

Allt det där begrep jag inte då. Hela saken verkade rena snurren för mig, och jag gick därifrån för att se "Drottningen av Saba" för tredje gången.

Ung och djupsinnig

Jag la ut texten om livets meningslöshet. "Som Camus säger i sin 'Myten om Sisyfos'..." sa jag — och så la jag ut texten. Jag kunde knappt urskilja hennes anletsdrag i mörkret. Jag hade armen om hennes axlar och ibland närmade jag mitt ansikte till hennes, så att jag kände värmen från hennes kind. Den här flickan tyckte jag om. Jag brukade bli alldeles knäsvag var gång jag mötte henne. Så det hade varit på svaga men ändå raska knän som jag hade skyndat mig fram efter kvällens tillställning och sett till att det blev jag som fick följa henne hem. Hon tyckte nog om mig också — annars skulle hon inte stått så tåligt och lyssnat till mina utläggningar i denna mörka trappuppgång, här i huset där hon bodde...

Meningslös var tillvaron och man nödgades se allt i svart, förklarade jag. Jag märkte att hon blev imponerad av mitt djupsinne, och det var ju det som var meningen. Gud är död, tillade jag i förbigående. Då öppnade hon sin mun — sin välskapta mun, som jag åtrådde så och som kunde le så vackert — och sa några ord.

— När man är snäll känner man sig väl till mods, sa hon. Det fick man lära sig när man var liten. Det var sant — och om det var sant så var det andra sant också, det där om Gud...

Jag blev tyst. Jag visste inte vad jag skulle svara. Det var för barnsligt för att Camus skulle ha någon synpunkt på det. Jag stod tyst.

— Barnsligt kanske, men sant, sa hon.

Jag sa inget mer, jag följde henne den sista trappan upp till hennes dörr — och där fick jag kyssa henne godnatt för första gången! O, den trappuppgången och den flickan, jag skulle länge minnas varje detalj... Stolt vandrade jag därifrån. Det var spänst i mina steg. En vacker kväll, tänkte jag och stirrade upp mot stjärnhimlen. Klockorna slog midnatt i Annedalskyrkan, luften var frisk och sval och jag hade äntligen fått kyssa henne som jag var förtjust i. Och det tack vare mina utläggningar om livets absurda meningslöshet. Jag måste läsa mera Camus, tänkte jag.

Lektorn

Jag deltog sällan i diskussionerna på kristendomstimmarna. Nu talade vi om Jesu underverk, försökte förklara bort dem bäst vi kunde och hitta rationella förklaringar till att han gick på vattnet, botade sjuka, uppväckte döda o.s.v. Att Jesus kunde bespisa femtusen människor med fem bröd och två fiskar var svårt att begripa, men vår lektor, som ledde lektionen, förklarade att det kunde ha varit en sakramental måltid och att var och en bara fick så mycket som en oblat. Jag blandade mig inte i diskussionen nu heller, men efteråt gick jag fram och höll kvar honom, medan de andra skyndade sig ut. "Hur skall man då förklara, att lärjungarna efter måltiden samlade upp tolv korgar fulla med överblivna brödstycken?" sa jag. Lektorn försökte inte komma med någon undanflykt, han svarade bara tankfullt, att det där var något som vi inte kunde förstå. Sedan log han mycket muntert och tillade förtroligt, ty nu var vi ensamma i klassrummet: "Det är inte meningen att man skall förstå allt heller!"

Vår lektor i kristendom och filosofi var en liten man, alltid klädd i brun kostym med vassa pressveck på byxorna och blanka spetsiga skor. Spetsig haka, spetsig näsa och slätt mittbenat hår. Jag kan fortfarande se honom stå där i klassrummet i sin bruna kostym, han ler vänligt åt något tokigt svar, kläcker ur sig ett skämt, skrattar hjärtligast själv, vaggar på de blanka tåspetsarna och börjar allvarligt utreda något filosofiskt problem...

Den sista lektionen före stundentexamen talade vi om ditt och datt och lektorn frågade oss vart vi helst skulle vilja resa i världen, om vi fick välja. London eller Paris, svarade de flesta. Själv läste jag böcker om yoga på fritiden, och min första tanke var att jag skulle vilja åka till Indien och med egna ögon se om det var sant, det som berättades om indiska yogis och heliga män. Men så tyckte jag det lät för pretentiöst, det lät som om jag ville göra mig märkvärdig, så jag ändrade mig och sa: Paris. När alla hade sagt sitt, frågade vi vart magistern skulle vilja resa. Han svarade mycket allvarligt:

"Jag skulle vilja resa till Indien och med egna ögon se dessa heliga män, som man kan läsa om, dessa yogis och fakirer. Mystiker och helgon finns ju knappt längre i den kristna världen — jag skulle vilja se om det är sant att de finns därborta."

Prästen på sjukhuset

Jag låg på sjukhus i Skövde. Jag gjorde min värnplikt där på T2. Men nu hade jag hamnat på det civila lasarettet — och det var mitt livs första sjukhusvistelse.

På den tiden rökte jag. Inte mycket, men ändå. Och eftersom jag vurmade för den moderna franska litteraturen och för allt som hade med Frankrike att göra, så rökte jag de franska märkena Gitanes och Gauloises. Jag tyckte egentligen inte om att röka, men jag tyckte om att röka *Gauloises*, därför att det hjälpte mig att drömma om att jag var i Frankrike.

Jag gick och satte mig i rökrummet och tände en Gauloise. Där satt redan en äldre mager man med energiska fåror i ansiktet. Vi började prata och jag fick veta att han var präst. Jag uppskattade hans ålder till omkring sjuttio år, och själv var jag tjugo. Han frågade vari mitt onda bestod, och jag försökte förklara.

Själv hade han magsår och hade haft det i många år.

— Jag vet inte hur många gånger de har skurit i mig. I morgon skall de skära i mig igen. Varsågoda, säger jag. Skär så mycket ni vill!

Han fimpade sin andra cigarrett och tände en tredje.

— Jag röker för mycket, förstår ni. Sextio cigarretter om dan. Herregud, vad de har skällt på mig i alla år för att jag röker. Men jag brukar säga att summan av lasterna är konstant — så genom att röka klarar jag mig från mycket annat.

Och han såg genomträngande på mig. Sedan övergick vi utan omvägar till att tala om livets mening, människans psyke och själ, filosofin och religionen. Något som då särskilt upptog mina tankar var bristen på liv i livet, minnets fiasko och tillvarons undflyende karaktär, och prästen diskuterade ivrigt dessa frågor med mig.

En man kom in och ställde sig vid fönstret och rökte, medan han förskräckt åhörde vårt samtal. Han skyndade sig att röka färdigt och försvann utan ett ord.

— Han trodde säkert vi var skvatt galna, den där! skrattade prästen.

Och han mumlade något om får som aldrig tänkt en egen tanke.

Han uppmanade mig att inte misströsta. Själva det faktum att dessa frågor uppstått i mig, var ett gott tecken, fastslog han.

— Jag kan bara råda er att fortsätta på samma vis. Att gå och grubbla, som ni gör, det är enda sättet. Men jag tror att ni skall finna, att vägen till verklig kunskap och sanning, den går till sist genom religionen.

Med de orden avslutade han vårt samtal. Vi hade talat i timmar.

På kvällen återsåg jag honom i TV-rummet, där han satt och såg en vilda-västernfilm. Han berättade att han älskade västernfilmer, för att han tyckte om att se skurkar få stryk. Och han skrattade belåtet när det blev slagsmål i filmen och hjälten klådde upp en bandit.

— Det är rätt! Ge'n en örfil! Ha ha ha! Ja! Tjong!

Det var med saknad och tacksamhet som jag tog avsked av denne präst den kvällen. Han skulle opereras nästa dag, och jag lämnade sjukhuset kort därefter. Det var inget som helst fel på mig. Läkaren som meddelade mig detta dolde inte sin irritation. Han hade tagit emot mig en vecka tidigare med honungslen stämma; nu sparkade han ut mig som ett fiasko.

Jag gick grubblande därifrån.

Elstirs visdom

Mina vänner stirrade nyfiket på mig, där vi stod på trottoaren utanför biografen Spegeln. Det var kväll, vi kom just ut från den sena föreställningen av Louis Malles film "Tag mitt liv".

"Du ser ut som om du blivit rent personligt berörd", sa en av dem. "Du ser helt tagen ut..." Och han anlade ofrivilligt det ironiska ansiktsuttrycket hos den som inte har blivit personligt berörd.

Jag kunde inte svara något, jag var alltför tagen. Jag hade alltför väl känt igen mig i filmens huvudperson, en man som tog sitt liv därför att han inte kunde lägga handen på något i denna tillvaron. Ingenting var honom helt verkligt. Hans längtan var oerhörd, men allting rann mellan fingrarna på honom. Filmen hade påmint mig om den hemliga misstanke jag närde i mitt hjärta: den att det inte gick att gripa någonting här i livet.

Jag tog skamset adjö av mina vänner utanför biografen och skyndade mig hem. Varför så bedrövad? Tänk själva, jag var en mycket ung man och jag var som unga män är mest, glupsk och ivrig. Att röra lätt vid människor och ting, det förstod jag mig inte på. Jag ville krama musten ur allting, och det enda jag kramade musten ur var mig själv.

Därför var jag bedrövad. Jag vågade inte erkänna den motsatta synen på livet, som jag ändå var så nära den där kvällen utanför biografen Spegeln. Jag kände inte då till poetens ord:

"Fager som en brud är världen. Men akta dig —
Ty ingen får äkta denna förbluffande mö."

Så småningom kom jag att läsa en passage i Marcel Prousts "I skuggan av unga flickor i blom", som gav mig tröst och som hjälpte mig förstå. Den handlar om hur berättaren börjar misstänka att den store konstnären Elstir, som han beundrar så, är identisk med den figur som några år tidigare gjorde sig till åtlöje i Verdurins salong. "Var det möjligt att detta snille, denne vise man, denne enstöring, denne filosof som höjde sig över allt och vars konversation var så märklig, skulle kunna vara den löjliga och depraverade målare som Verdurins en gång tagit hand om?" På en direkt fråga svarar Elstir jakande och tar tillfället i akt att ge den unge frågeställaren en lärdom:

"Det finns ingen man så vis", sade han, "att han inte under någon period av sin ungdom fällt yttranden eller till och med fört ett liv som det är honom pinsamt att minnas och som han helst skulle vilja utplåna. Men han bör inte enbart ångra allt detta, ty ingen kan med säkerhet bli vis, i den mån detta överhuvudtaget är möjligt, utan att ha genomgått alla de löjliga eller avskyvärda inkarnationer som måste föregå denna sista inkarnation. Jag vet att det finns ungdomar, barn och barnbarn till förnäma personer, som alltifrån skolåldern fått lära in andlig nobless och moralisk elegans. De har kanske ingenting i sitt liv som de måste önska ogjort, de skulle kunna publicera och underteckna allt vad de sagt, men de är fattiga invärtes, kraftlösa efterkommande till doktrinära förfäder, och deras vishet är negativ och steril. Man kan inte få visheten till skänks; man måste själv upptäcka den efter en resa som ingen annan kan göra i ens ställe och som ingen kan bespara en — ty visheten är en syn på tingen. De liv ni beundrar, de sinnelag ni finner ädla har inte blivit inlärda med familjefaderns eller lärarens hjälp — de har föregåtts av något helt annat och stått under inflytande av en dålig eller banal omgivning. De innebär en kamp och en seger. Jag förstår mycket väl att bilden av vad man under en tidigare period har varit nu måste te sig oigenkännlig och i varje fall osympatisk. Men man bör trots detta inte förneka den, ty den är ett vittnesbörd om att man verkligen har levat, att det är i enlighet med livets och människoandens egna lagar som vi ur livets vanliga element — ateljélivets och artistkretsarnas liv när det rör sig om en målare — förmått utvinna något som är mera värt än allt detta."

En minnesvärd kväll

Helan och Halvan-filmerna visas numera sällan på kvällstid i Göteborg — man får smita in på Cosmoramas middagsbio om man vill se sina favoriter. Där sitter ett tjugotal människor utspridda i den stora salongen, och man känner sig ganska ensam med sitt skratt och sin förtjusning. Det går det också — men roligare var det på Biorama en lördagskväll för flera år sedan. Salongen var fullsatt, mest av unga arbetarpar mellan de tjugo och trettio, som gått ut för att ha roligt på lördagskvällen. Man skulle önskat att Stan Laurel och Oliver Hardy hade kunnat vara där själva och höra männens dånande skrattsalvor och kvinnorna som tjöt som ångvisslor, alla som snappade efter luft, stampningarna i golvet, applåderna... Att de hade kunnat se oss när vi tumlade ut efter föreställningen, röda i ansiktet och med tårar i ögonen, alltjämt skrattande när vi vacklade hemåt på den ödsliga Södra Allégatan.

När man älskar

När man älskar, tänker man inte alltid på den man älskar med. Ofta ser man andra bilder för sin inre syn. Jag hade en älskarinna, och var gång jag låg med henne såg jag en engelsk örlogsflotta som styrde ut till havs. Det var ett tiotal vita fartyg, som i v-formation med god fart stävade ut på en spegelblank ocean. På kommandobryggan i ledarfartyget stod skådespelaren Alec Guinness i amiralsuniform med en kikare för ögonen och spejade mot horisonten, och hans vita kläder fladdrade i vinden.

En tjener

Den norske författaren Olav Angell berättade för mig en eftermiddag på Håndverkeren i Oslo om sin karriär som skådespelare vid radioteatern. När han var antagen som lärling under ett år vid Rikskringkastingen hände det att det fattades folk vid inspelningen av en pjäs av Rudyard Kipling. Min vän fick hjälpa till att framställa de bakgrundsljud som krävdes: smälla i dörrar, göra hasande fotsteg, klirra med flaskor m.m. Han fick också en replik: *"Deres kotelett, sahib!"* som han måste ta om flera gånger innan han fann det rätta ödmjuka tonfallet. *"Deres kotelett, sahib!"* Han kom med i skådespelarlistan, framhöll han och höjde sitt glas där han satt mitt emot mig på Håndverkeren. I programmet hade det stått: "En tjener: Olav Angell". Jag tror detta ska få utgöra både början och slutet på min skådespelarkarriär, slutade den norske författaren och kallade på kyparen: "Tjener! To halve pils!"

En dag när jag tvättade

Jag kan inte förklara varför jag alltid tvättade min tvätt i en liten tvättinrättning på Rue Mouffetard, jag bodde ju inte alls där. Det var väl så, att när jag var ny i Paris, hade jag haft ett ärende där i närheten, fått syn på den här tvättinrättningen och sedan inte brytt mig om att leta reda på någon närmare min bostad. Nu kom jag dit en eftermiddag, växlade till mig några tjugocentimesmynt av föreståndarinnan, släppte ned dem i en springa i tvättmedelsbehållaren och fick ut en liten bägare full med ett vitt pulver som jag hällde i en av automaterna, stoppade in mina skjortor, sockar och underkläder, lade på fyra enfrancsmynt, tryckte på knappen för rätt tvättprogram, "couleurs", och sedan på startknappen, varvid maskinen satte igång och jag gick och satte mig på en soffa. Jag hade tagit med mig en bok för att sitta och läsa tills tvätten blev färdig. Vanligtvis fanns där bara kvarterets husmödrar som tvättade stortvätt, men i dag satt det en äldre man på soffan.

— Min herre är som jag, sa han, min herre kommer med ett litet paket med några skjortor.

Med de orden inledde han samtalet. Han var ensam, sedan hans hustru dött. Vi kom att tala om kriget, där han hade varit med. Så småningom berättade han att han var katolik, han trodde fast på Gud. Jag förklarade mig skeptisk. Han sa:

— Se er då omkring! Någon måste ha skapat allt detta.

Medan jag letade efter ett svar, fortsatte han med låg, förtrolig röst:

— Just det, min herre. Vem har skapat världen? Svara på det.

Jag sammanfattade mina grumliga insikter i utvecklingsläran och försökte sedan beskriva hur atomer blev molekyler och molekyler blev amöbor, men utan att imponera på honom.

— Men någon måste ha skapat den första atomen. Vem, min herre? Vem?... Där ser ni.

Jag hade inget svar på det, och nu var dessutom tvätten färdig. Vi plockade ut den ur automaterna och skildes med några artiga fraser, och så var jag ute igen på Rue Mouffetard.

Jag var förbluffad och irriterad över att en man, som levat ett helt liv och varit med i kriget och förlorat sin hustru, kunde ställa så barnsliga frågor; det irriterade mig desto mera som jag måste erkänna att vetenskapsmännens teorier inte tillfredsställde mig heller, och inte heller jag kunde formulera frågan på ett klyftigare sätt... Det var mycket pinsamt. Jag vandrade missmodig uppför Rue Mouffetard. Vem hade skapat världen?

En orubblig satrap

Raska steg på boulevard St. Germain — så mycket avgaser! — en blick på klockan, den var kvart i ett när jag sneddade över korsningen. Och snubblade in på caféet. Café de Flore. Jag var en kvart för tidig, Ferry var säkert ännu inte kommen, tänkte jag, där jag stod lätt andfådd mitt på golvet. Jag lät blicken svepa över alla de röda sofforna för att kontrollera detta. Mycket riktigt. Var skulle jag nu sätta mig, så att jag lätt skulle synas? Jag fick göra en piruett för att undvika en kypare som hade bråttom. Ja, jag stod faktiskt i vägen. Jag hade börjat flacka med blicken runt lokalen igen, när jag kände något i ryggen. Och hejdade mig tvärt. Det kom från en punkt vid ena väggen, där jag redan hade tittat. Eller hade jag inte det? Misstänksamt rätade jag på mig och vände mig sakta om. Minsann. Där mitt i soffan invid väggen satt Transcendente Satrapen i Patafysiska Kollegiet Jean Ferry och såg på mig. Inte en muskel rörde sig i den buddhaliknande gestalten — det kala, runda huvudet pryddes av ett omärkligt, inåtvänt leende, och den korta, tjocka kroppen såg ut att väga flera ton, orubbligt planterad i den röda soffan. Bakom de silverbågade glasögonen glittrade hans små ögon skrattlystet, som om de hade oändligt roligt.

Jag gick fram till honom. Han rörde sig fortfarande inte. "Jag såg er inte först", sa jag och slog mig ned mitt emot honom. Jag satte portföljen bredvid mig, knäppte upp min jacka och la det ena benet över det andra...

Evert Taube i verkligheten

På hatthyllan i hallen låg hans vita cowboyhatt. Jag hängde av mig, och fru Astri visade mig genom ett stort rum som låg i halvdunkel in i ett litet rum med en lampa tänd på ett bord och kaffetermos, pepparkakor och två koppar framdukade. "Han kommer strax", sa hon. Och snart hördes hasande steg i det mörka rummet bredvid. Evert Taubes röst hördes: "Det är jag som bor här, och ändå hittar jag inte vägen!" Han kom in, mindre till växten än vad jag hade väntat mig, den en gång kraftiga överkroppen hade krympt med åldern. Det var tisdagen den tjugoandra februari 1972, och Evert Taube var i det närmaste åttiotvå år gammal.

— Hur var det ert namn var?

Jag sa mitt namn.

— Och ni är fil. kand.?

Jag sa att jag också skrev artiklar i GHT.

— Arbetar ni för Handelstidningen? Då är det där jag har sett ert namn!

Astri hällde upp kaffe och lämnade oss ensamma. Innan vi satte oss överräckte jag ett exemplar av min första bok "I krig och kärlek" som just hade kommit från tryckeriet. Han tog emot boken, vred och vände på den några gånger och blev stående tyst och såg på den. Sekunderna tickade iväg. Han var blickstilla. Jag började skruva på mig. Jag fick samma oroliga känsla som jag fått, när han uppträtt på Konserthallen i Göteborg ett par år tidigare och gjort en så lång paus att vi i publiken började svettas i bänkarna och trodde att det hade hänt honom något, innan han äntligen förlöste oss med en anekdot och en sång. Men detta var ingen scen. Jag undrade om jag borde ropa på Astri. Han rörde sig inte...

Då daskade han ena näven mot bokens framsida:

— Det var ett bra omslag, vem har gjort det?

— Konstnären Aschenbrenner, en god vän som...

— Det var bra! Nu sätter vi oss.

Vi satte oss och pratade, d.v.s. han pratade mest och jag lyssnade. Han talade om sina ingripanden i miljöfrågor, som när man ville fylla Riddarfjärden med grus för att göra parkeringsplats av den, eller när det gällde att rädda almarna i Kungsträdgården. Sedan la vi bort titlarna, och han berättade om vilka öden hans pjäs "Rikard Lejonhjärta och Filip II" undergått på Dramaten, vilket alltsammans hade slutat i att den inte blev uppförd. Nu skrev han på fyra nya böcker, däribland en om Shakespeare och en om Eléonore av Akvitanien. Han berättade mycket om detta; men av allt han sa minns jag lustigt nog bara en sak ordagrant — det var när han avbröt sig och sköt fatet med pepparkakor närmare mig: "Claes! Har du smakat på pepparkakorna? Smaka på dom!"

Efter en timme räckte han fram handen över bordet:

— Nu får vi säga adjö.

Han följde mig till tamburen. Där stannade han, sträckte på sig, drog tillbaka axlarna och frågade:

— Tycker du jag går mycket krokig?

— Nej, sa jag, inte alls.

— Se, man måste tänka på att gå rak, annars går man och blir krokig utan att märka det.

Jag nickade. Han insisterade:

— Tycker du jag ser skraltig ut?

— Nej.

— Du hade väntat dig att finna en ungdomligare person?

— Jag har sett dig i TV, sa jag, så jag vet hur du ser ut!

Åt det log han. Jag hade redan rocken på mig, när han visade mig in i ett annat rum för att titta på utsikten. Han lovade skicka mig sin bok "Min älskling, du är som en ros" med illustrationer från hans väggmålningar i Lorensbergs restaurant i Göteborg — "och hon som är som en ros, det är hon som har gjort den där skulpturen i hallen (han pekade), den gjorde hon när hon var nitton år."

Nu kom han på att han måste till banken före klockan sex, så han tog också på sig rocken och skulle ringa efter en taxi. Vi blev stående i hallen och fortsatte språka. "Claes, du ska skriva om min bok! Den kommer i vår, och den ska betala hyran!" Han småskrattade och puffade mig i magen och jag fick känna på litet av den charm, som fått människor att göra vad som helst för honom. Boken skulle ha ett fotografi av honom själv och Picasso samtalande på framsidan. Kanske skulle den heta "Evert Taube i verkligheten", men det var inte bestämt än, han hade flera förslag. Så skildes vi.

Det kom dock aldrig någon sådan bok, som jag kunde skriva om. Han hade flera planer än han orkade genomföra. Men han hade gjort tillräckligt; jag fortsatte att noga studera hans verk.

Min hjärtans kär

Jag lekte ensam på lagårdsplanen, när jag hörde det knastra i gruset bakom mig. Där kom min farbror, ägaren till Uppgården i Hylinge. Han stannade vid den dammiga PV:n och plockade med bilnycklarna. Han sjöng. Det var en visa om en flicka som hette Maja. "Båklandets vackra Maja, var du min hjärtans kär..." Jag stirrade på honom. Varför var han så glad, och varför sjöng han om Maja? Han blinkade åt mig. "Ska du åka med till handelsboden, Claes?" sa farbror. Nej, det skulle jag inte, jag väntade på mina kusiner och min bror, vi skulle leka nånting och jag hade mycket att sköta där på lagårdsplan... Han körde iväg — och mera minns jag inte.

På själva julafton trettio år senare överraskades jag av den där visan igen, när Fred Åkerström sjöng den i TV. Tårarna kom i ögonen. "Du var ljuv att betrakta, len som ett silkesskot..." Ja — och så förföriskt ditt svarta hår föll, tänkte jag, vilken blick du hade och så vackert du gick, när du kom under lindarna i Esplanaden på väg till Kapellet, där jag redan satt vid ett fönsterbord och väntade bakom en flaska öl av märket Aura...

Upp på jökeln

En gammal kvinna gick på tunet, när vi kom. "Har dere gått over fjellet?" sa hon. "Så flinke dere har vært." Vi stannade där över natten. Hon gav oss middag och frukost med hembakat bröd och hemkärnat smör och hemlagad lingonsylt och andra delikatesser, och nästa dag gick vi vidare mot Sotaseter över nordöstra delen av Jostedalsbreen.

Vi hade sol och ett par plusgrader. Att gå upp på jökeln var som att gå rakt upp i himlen. Skidorna fäste bra, jag gick och gnolade för mig själv och blev inte trött.

Frampå eftermiddagen när vi kommit ner på en sjö började det slå igenom. Skaren höll inte längre. Vi satte oss att sola ibland och hoppades varje gång att det skulle bära, när vi satte igång igen. Klockan blev fem och sex och sju, och det bar inte. Vi klafsade oss fram kilometer efter kilometer. Sista biten från Mysubyttseter till Sotaseter kunde vi åka i ett sönderkört, fruset spår på en oplogad väg, då var klockan åtta och det mörknade. Det bar utför och det var ett helvete att stå i det knaggliga spåret i skymningen. Vi var framme kvart i nio. Då hade vi gått i över tolv timmar.

Vi åt en sen middag på Sotaseter. En flintskallig

gubbe satte fram soppa och varmrätt. Vi var så trötta att vi inte orkade äta mer än en portion. Så gick vi och la oss, och jag tänkte på min älskade som var långt borta och kanske aldrig skulle bli min. Jag visste inte hur det skulle gå, och jag var sorgsen när jag tänkte på det. Det var inte mycket att göra. Det var väl inte mycket annat att göra än att fortsätta efter bästa förmåga, tänkte jag, där jag låg och stirrade ut i mörkret på Sotaseter — det var väl bara att hålla på, som när man går upp på en jökel, med ett litet skavsår på hälen så att man känner att man lever, tills man äntligen är uppe i alla fall, i ljuset, och kan sätta sig ett tag i solen på toppen av jökeln och äta en apelsin, om vädret är sådant, och se på utsikten, innan den långa fina utförsåkningen börjar, jämn och fin och rolig när den är som bäst, hela vägen ner ända till hyttan i dalen, där värmen och middagen väntar, och man tar sitt kaffe i stugan efter maten och sitter där framför brasan tills det börjar dra i ögonlocken och man gäspar och sträcker på sig och går till sin mjuka säng för en natts välförtjänt sömn efter den långa dagen på fjället, tänkte jag och somnade.

Återkomst

What a man truly wants, that will he
get, or he will be changed in trying.
Robert Louis Stevenson

I

Det hade varit en mild vinter igen. Ingen snö och ingen kyla — mycket påfrestande för humöret — så det var med en känsla av lättnad som jag for till Paris i början av mars. Jag hade inte hört något från Angelica på flera månader, jag hade skrivit men hon svarade inte på mina brev, jag nådde henne inte per telefon och hon ringde aldrig, och så småningom orkade jag inte oroa mig för det längre. Jag började långsamt ge upp hoppet.

Jag hade förberett mig länge för denna parisresa. Det var fyra år sen sist. Jag skulle stanna i två månader, och för en gångs skull hade jag gott om pengar och hade gjort upp långa listor på böcker som jag skulle leta efter. Såg fram emot att möta våren i Paris.

Jag hyrde in mig på ett hotell i trettonde arrondissementet, bara tio minuters gångväg från Quartier Latin, där jag kände mig hemma. Allting var välbekant och ändå till hälften glömt. Som sagt, det var fyra år sedan. Mina dagar fylldes av återupptäckter.

Min aperitif tog jag ofta på ett café på Place St. Michel, varifrån jag kunde se Notre-Dame. De hade en sjungande kypare där. Man anade en slöja av sömn framför denne kypares ögon; han uppfattade bara det allra nödvändigaste av omgivningen — man vinkade på honom och han kom emot en stirrande ut genom fönstren och sjungande: "Säg mig varför du grå-å-å-ter..." Innanför hans osynliga dykarklocka nådde endast de viktigaste signalerna, t.ex. "Un café, s'il vous plaît", vilket vidarebefordrades med stentorsröst, "Un exprès, *un*!" varefter han med långsamma, drömmande rörelser försvann bort mellan caféborden, åter sjungande: "Dis-moi pourquoi tu pleu-eu-eu-res..."

Två månader gick.

Det var den femte maj och det var sent på eftermiddagen, när jag öppnade tågfönstret i min kupé och andades in de varma dofterna utifrån. En timma kvar till Nizza. Därute blänkte det blåa Medelhavet, palmerna svajade och träden blommade. Och den balsamiska medelhavsluften smekte min rodnande kind.

Jag fortsatte inte ända till Nizza, jag steg av i Antibes. Nästa afton satt jag vid ett bord på en terrass nära stranden, hade lagt min svarta anteckningsbok på den gröna bordduken och skrev följande:

"Efter två månader i Paris kom jag i går till Antibes. Hittade strandhotellet La Petite Réserve, beställde rum och flyttade hit i morse. När jag sa att jag var svensk, började de genast tala med mig om Evert Taube, som tagit in här under femton år. 'Detta är Marcelle', sa värden och presenterade damen som serverade, 'som han talar om i sina böcker.' Nu sitter jag här på terrassen och ser ut över palmerna och Medelhavet — Änglabukten — och långt borta det gamla slottet, Château d'Antibes. Det har varit en varm dag, *un temps splendide*. Jag har badat i havet två gånger. Promenerat på strandpromenaden under kanariepalmer, redan överblommade magnolior, fikonträd och oleander och besett de gamla stadsdelarna. Väntar nu på middagen."

När klockan närmade sig åtta kom Marcelle med aperitifen, en pastis, som jag drack medan jag betraktade horisontlinjen bakom palmerna. Man blir filosofiskt stämd av att sitta så. Några rader ur Evert Taubes *Återkomst,* skrivna just på denna plats, rann mig i minnet —

"... Ack, kära fröken, och jag som sitter här och tänker på moln som jagas, livet som flyr!

— Alla poeter tänker alltid på sådant, men jag, svarar Marcelle, jag tänker på att jag har många rum att städa. Monsieur, dyk i Medelhavet och börja ett nytt liv!..."

Jag såg att middagen började därinne, värden kom i dörren, jag grep mitt glas, han sa: "Ne vous pressez pas, monsieur!" Alltså skyndade jag mig inte. Jag tog det lugnt.

Måltiden inleddes med fisksoppa. Marcelle tyckte det var lustigt att träffa någon som hade läst monsieur Taubes böcker. Några reproduktioner av hans akvareller satt uppsatta på väggarna plus ett fotografi av honom själv till häst svängande sin hatt, samma bilder som pryder några av volymerna i hans Samlade Berättelser. Jag pekade på dem och sa att jag kände igen dem. Marcelle sa, att han alltid var så vänlig, "Il était, comment dirai-je, il était un bel homme, toujours très gentil. Il était toujours si gentil."

På lördagen letade jag förgäves efter Avenue de la Victoire i Nizza, tills jag upptäckte att jag gick på den. Den hade bytt namn till Avenue Jean Médecin efter någon avliden borgmästare. Stadens livligaste affärsgata, "man tror sig vara försatt till Paris boulevarder", menade guideboken. Ja, det kunde man tro. Och nu stod jag framför en kyrka, Notre-Dame-kyrkan. Den gick jag in i. Knappt hade mina ögon vant sig vid dunklet därinne, förrän kyrkporten slogs upp och i solstrålen som kastades in i kyrkan kom en ung man i mörk kostym med en flicka vid armen, hon i ljus klänning och med en blombukett i handen. Orgeln spelade upp, en präst kom dem till mötes och ledde dem fram till altaret, och efter följde ett dussin släktingar i största oordning. Bröllop! De unga tu satte sig på varsin stol längst fram och prästen började tala till dem. Jag stod för långt bort för att höra vad han sa, och under tiden pågick de vanliga aktiviteterna i kyrkan, ljus tändes, böner bads. Några meter från mig fanns en Kristusstaty i manshöjd. Jag fick se en karl stiga fram till den, lägga händerna på dess bröst och tala en lång stund till figuren. Mannens skalliga huvud vaggade, han hulkade och log med fuktiga ögon. Till sist kysse han Kristus på bröstet och gick... Nu hade de rest sig upp därframme, detta var ögonblicket då bruden fick sin ring — och en filmande släkting belyste scenen med två starka fotolampor, så att den lilla gruppen vid altaret faktiskt skimrade med en överjordisk glans i den skumma kyrkan. Så kysste den nyblivne äkta mannen sin brud och de satte sig igen. Prästen fortsatte att tala till dem. Ljudet av en käpp mot stengolvet fick mig att vrida på huvudet. En blind gammal man leddes in i kyrkan av sin hustru. Hon satte honom i en bänk och gick själv till Jesusstatyn och tände ett ljus. Sedan satt de en stund i bänken och bad en bön, innan de sakta vandrade ut arm i arm. Jag skulle velat höra vad prästen sa till det unga paret framme vid altaret, han talade så vänligt och skämtsamt förmanande, det förstod man av tonfallet. Jag hade kunnat gå närmare, men det var ju inte till mig han talade, så jag gick ut i stället. Och litet senare befann jag mig på Promenade des Anglais.

Då hade jag redan varit på ett varuhus och köpt presenter, och ätit lunch hade jag också gjort. Så flanerade jag en stund på denna långa strandpromenad och såg Änglabukten glittra och palmerna svaja och gamla tanter sitta i vilstolar under parasoller och kisa ut över havet och stranden. Ungdomar och vackra kvinnor stekte sig på plagen och bakom de utsirade fasaderna på Palais de la Mediterranée och Hotel Negresco stod säkert uttråkade män och ruinerade sig vid spelborden. Men så blåste det upp, palmerna bågnade och viftade med sina spretiga blad, gråa moln tornade upp sig och det tog väl inte mer än en kvart, så var alla de gamla tanterna och farbröderna bortblåsta. Och plagen var rensopad. Kvar stod tusentals tomma vilstolar som vinden slet i, och parasollerna hade blåst omkull. Det var nu sent på eftermiddagen och jag åkte hem till mitt pensionat och väntade på kvällsmaten. Jag undrade om det skulle bli badväder nästa dag, eller om jag skulle bli tvungen att hålla mig inomhus, fördjupad i någon av de böcker jag tagit med som reselektyr —.

Lördag i Nizza

Lunchdags! Klockan var tolv. Nu stängde allting
i Nizza.
Jag visades ut från Galeries Lafayette,
hittade in på en krog, åt en pizza,
drack ett glas vin och blev mätt. Klockan var ett.

Ut på gatan igen, "Avenue Gustave V de Suède",
där jag mötte en flicka, blondin, som hade
tappat en träsko
på Promenade des Anglais nånstans vid hotell
Negresco.
Hon var f.ö. oklanderligt klädd.

Förargligt, sa jag. Jag beklagade saken i gester
och ord
lutad mot dadelpalmens stam.
Hon var svenska och bördig från Bohusläns jord
och nu fick hon halta sig fram.

Palmerna vajade. Det friskade på!
Det mulnade fortare än man trodde.
Och jag tog en buss framför *Le Casino*
tillbaks till Antibes där jag bodde.

Åt middag och somnade — det kunde ni nästan
gissa.
Så gick en dag ifrån mitt liv och kommer aldrig
mer igen.
Aldrig mera lördag i Nizza...
Andra lördagar kanske, men inte den.

Och söndagen kom med ett milt och ihållande regn. Jag gick på museum i Antibes och såg alla framgrävda krukskärvor från den tid staden hette Antipolis. Sedan begav jag mig till Grimaldislottet, Château d'Antibes, där minnesstenar från romartiden samsas med tavlor av Picasso i kala medeltida salar. Minnesstenen över gossen Septentrion stod mitt emot en magnifik "Symfoni i grått" av Picasso. Gravskriften berättar om gossen Septentrion, tolv år gammal, "Qui Antipoli in theatro biduo saltavit et placuit", d.v.s. som på teatern i Antipolis under två dagar dansade och gjorde lycka;

denna sten har inspirerat Evert Taube till en dikt.

Mörkret föll och det slutade regna. Halvmånen kom fram. Jag tog en kvällspromenad på den gamla ringmuren längs havet upp mot de äldsta stadsdelarna och improviserade där ett par strofer:

Sent på kvällen i halvmånens sken
sågs en gestalt framför slottet stå.
Han syntes knappt emot slottsmurens sten
ty hans regnrock var gammal och grå.

Han riktigt flöt ihop med Grimaldislottets murar,
så stilla stod han. Vad tänkte han på?
Han tänkte, att i morgon blir det spridda skurar,
säkrast att hålla sig inomhus då.

Men där tog han fel, för måndagen kom med solsken och värme och vindstilla väder. Jag promenerade runt Cap d'Antibes, solade mig på plagen i Juan-les-Pins, brände mig litet, fortsatte till Cannes och såg en hovmästare högröd i ansiktet fäkta med armarna och anvisa plats för TV-kamerorna på hotell Carlton; man väntade på alla filmstjärnor som redan började anlända till filmfestivalen... Kort sagt, jag mådde som en prins hela dagen. Och på natten också —.

Man sov så gott på La Petite Réserve för vidöppna fönster, och rummet fylldes med väldofter från de blommande träden i trädgården nedanför. Och på morgonen satte man sig på terrassen, och solen sken på Medelhav och palmer och på bröd och smör och marmelad och croissant och kaffe med mjölk, som dukades fram. Och man tänkte att den som inte var nöjd med livet här, han var sannerligen oförbätterlig, ty detta var som en försmak av paradiset. Och man bredde ut sin karta och undrade vart man skulle bege sig i dag, och så utbrast man: till Vence! — upp i bergen, upp i sjöalperna, det tar bara en timma med buss.

Av besöket i Vence minns jag särskilt att jag satt på en servering på ett torg och drack en kopp te och såg upp i träden, som skuggade, och tänkte på vilket nöje det är att inte känna igen sig. Att inte känna igen sig, det är äventyret, tänkte jag, och sedan minns jag att jag stod på en bro över en ravin som var så djup att trädtopparna just nådde upp till broräcket. Det är inte ofta man har tillfälle att studera trädens toppar på nära håll. Lätt till sinnes anträdde jag återfärden.

Det kom en dag till och det var onsdag, en av de bästa onsdagar jag nånsin varit med om. Jag steg helt enkelt av en buss nere vid Änglabuktens strand, där det går en avtagsväg upp till Biot, krukmakarbyn. Och så vandrade jag iväg inåt landet. Vid lunchdags satt jag på en värdshusveranda på Arkadernas Plats i Biot i den svala skuggan under valvbågar av sten. En mycket gammal hund försökte visa sig vänlig mot två korvätande tyskar vid ett annat bord men jagades bort med höga kommandorop. Han kom i stället och la huvudet i mitt knä. Jag frågade värdinnan om det fanns kvartar vin till maten. Hon meddelade att det bara fanns halvor i karaff, vilket jag accepterade med tvekan och lät henne förstå att det var i mesta laget. Så snälla ögon denna uråldriga hund hade. Kvinnan kom leende ut med karaffen och sa: Nu har jag hällt upp en ordentlig halva åt er! Antingen drev hon med mig eller också var hon människokännare. Nöjd och rusig gick jag nynnande därifrån ut i det solbadande provensalska landskapet.

Vilken dag! Jag hade turen, precis som i visan, att höra näktergalens ljuva röst. På de skogklädda kullarna vid horisonten avtecknade sig mörka cypresser och parasollpinjer mot den bleka himlen. Vid vägkanten växte mimosa. Jag gick mycket sakta nedför backen från Biot, hälsade på en svartklädd gumma som väntade på bussen, kom förbi en krukmakarverkstad, där hundratals ljusröda lerkrukor i alla storlekar stod uppställda på gården och skimrade matt i solskenet, och medan jag fortsatte ned mot Medelhavets strand, förstod jag för första gången några rader av Evert Taube som handlar om just detta landskap.

"Resan till Rivieran", skriver Taube, "det är resan till Skönheten och i den bor Sanningen! Det fullkomliga, det ideala i natur och kultur är en spegel av det gudomliga. På Rivieran finner man inte bara det härliga badet, det goda köket, de avspända, fullkomligt naturliga människorna, blomdoften, blomprakten, lagerlunden, mimosaskogen,

den svala kyrkan med vaxljussken i dunklet kring
änglar och helgon, madonnan, fattigmunken, miljardären, tiggaren och sardinfiskaren. Man finner
också sig själv!

Hur så?

Jo, därigenom att man glömmer sig själv inför
Skönheten, glömmer sitt futtiga jag och återfinner
barnet i sitt hjärta. Man återfår sina ideal. Man blir
av med sitt mollstämda grådask! Man förvandlas
till den man är — det är en paradox, men låt oss då
i stället säga: Rivieran är en så ofantlig upplevelse
att den pånyttföder oss."

Det var sant. Man förändrades i dessa omgivningar. Jag blir väl aldrig riktigt densamme mera —
och lika bra är det, tänkte jag och steg på bussen
som skulle bära mig längs Änglabuktens glittrande
strand in till Nizza.

Några dagar senare var jag på väg hem, jag satt på
tåget mellan Köpenhamn och Göteborg. I samma
kupé satt en blond ung kvinna så tyst och såg ut
genom fönstret. Vi for genom Halland och solen
sjönk i havet. Lövträden var nästan kala, en första
vårgrönska beslöjade nätt och jämnt grenar och
stammar. Jag fällde någon kommentar om att det
nu kändes att man var i Norden igen. Den blonda
berättade då att hon bodde i Köpenhamn, men vid
den här tiden på året tog hon alltid ledigt en vecka
och for hem till Sverige. "Det måste man!" försäkrade hon. "Det är så vackert den här tiden..." Jag

som hade flytt från en regnkall svensk senvinter och kom direkt från sydliga trakters överflöd på blommor och grönska, jag hade gått miste om den långa väntan och höll mig tyst medan hon gav utlopp för sin förtjusning över ljusnande dagar och knoppande blad, vitsippor och krokus. Under tiden föll skymningen över Halland. Skogar och fält avlöste varann, noga inhägnade av ändlösa stengärdesgårdar. Och som vanligt är vid återkomsten från en lång utlandsresa, kände jag ett kärleksfullt styng i bröstet och häpenhet över att jag bodde i ett så vackert land. Vi stannade vid små stationer, omgivna av sovande björkar, där resenärerna rörde sig tyst på perrongen och talade lågmält med stinsen, vars granna mössa och röda spade blänkte i halvdunklet. Och mörkret bredde ut sig i vårkvällen, och det var natt innan vi nådde Göteborg.

II

Dagen efter min hemkomst till Göteborg flanerade jag på Avenyn och mötte en bekant, en vacker polska, som hälsade på mig häpet: "Vad du har förändrats!"

Det tyckte jag om att höra. Det finns ingenting jag tycker så illa om som när folk klappar om en och säger att man är sig lik. Nej, vill ni göra mig glad, skall ni spärra upp ögonen när ni ser mig, ruska misstroget på huvudet och utbrista: "Jag höll på att inte känna igen dig!" Då blir jag nöjd. Jag inbillar mig nämligen att alla förändringar måste vara till det bättre.

Jag hade dock inte förändrats så oerhört. En dag i juni såg jag genom mitt fönster en kvinna på gatan, och hon hade ett hårfäste — ja, det var något över pannan och det svarta håret, som påminde mig exakt om Angelica. Och sedan ändrade verkligheten färg under flera dagar, jag befann mig i ett poetiskt sinnestillstånd, där skuggorna var djupare och ljuset intensivare. Denna ton låg kvar i flera dagar.

Och så var det en kväll på Kiviks marknad någon månad senare, jag tror det var kvällen innan marknaden ännu hade börjat och vi var uppe och strosade på marknadsplatsen, mina vänner och jag. Somliga höll fortfarande på och snickrade på sina kulisser i mörkret, andra hade börjat festa och spela dragspel. Då såg jag i en upplyst husvagn en ung zigenerska luta sig fram över ett bord och le mot någon, le riktigt hjärtligt — och hon log Angelicas leende. Likheten var så slående, att jag måste stanna och dra efter andan — och sedan var jag som bedövad, jag följde efter mina kamrater och besåg marknadsplatsen, men ingenting omkring mig tycktes verkligt längre. Kulisser vart jag såg den kvällen...

Minns ni förresten juninatten i Mokulla, när vi satt och pratade på en bänk under de höga träden nere vid stranden, Angelica och jag? Vi kom överens om att berätta något som haft betydelse i våra liv, och jag berättade om mina möten med Samuel Beckett och Man Ray. Det gjorde intryck på henne, hon blev väldigt avundsjuk för att jag hade träffat dem, det talade hon om för mig långt efteråt. Men hon berättade inte mycket om sig själv, jag pratade mest. Det var omkring midnatt, och det hade varit en lång dag.

> Det var en dag, en kväll och en natt
> i mellersta Finland, som jag satt
> på en solig terrass på dagen
> med en pirrande känsla i magen
> av ett alldeles ovanligt slag...
> Det sker blott en gång, så tänkte jag.

Och kvällen kom, den var ljus och sval
och jag hade gjort mitt val...

Så rimmade jag ett och ett halvt år senare en afton på Richard's Pub i Helsingfors. Då var jag ännu övertygad om att allt skulle gå som jag ville. Det var i december och jag åt jultallrik, satt i hörnet under TV:n och allas blickar var riktade mot TV-apparaten ovanför mig. Jag drack ett par öl till jultallriken och kanske en Koskenkorva, det skulle inte förvåna mig. Men tillbaka till den där junidagen.

Jag har redan berättat om hur hon kom till vårt bord på terrassen och hur hon blundade och solade ansiktet — därför att hon tyckte att jag hela tiden tittade på henne, det fick jag veta senare. Jag ser henne också för mig där hon stod i matsalen i sin gula jacka och sina blåa jeans, och hur hon satt ensam vid ett bord med en kopp kaffe och såg tankfull ut och jag hade lust att gå dit och sätta mig och prata med henne men kunde inte komma på vad jag skulle säga, så jag gick bara fram och frågade om hon visste vart den-och-den hade gått — jo, han hade gått dit-och-dit. Detta var innan vi for gemensamt i taxi till Lahti. Ingen mening med att gå igenom allt det där igen...

Förutom allt annat som det resulterade i, så förde det med sig tre års flitig brevskrivning. Två dagar tog ett brev till Finland, två dagar tillbaka, så om jag skickade iväg ett brev på måndag, så började jag vänta på svar på fredag. Men det kom aldrig på fredag, det kom kanske nästa fredag eller ännu senare. Några gånger var jag på vippen att springa efter brevbäraren och fråga om det verkligen var alltsammans. Om han anat hur han fick mitt hjärta att bulta var gång jag hörde honom i trappan...

Tavaststjerna gjorde förresten en ganska trevlig utlandsresa vid jultiden 1897, det har jag glömt att berätta. *Laureatus* och *Lille Karl* hade nyss publicerats och fått välvillig kritik. På väg till kontinenten gjorde han ett uppehåll i Helsingfors, där gamla vänner från ungdomsåren samlats för att hylla honom. Han kom till Berlin, där hans hustru befann sig, presenterades i litterära kretsar som det unga Finlands främste diktare, for omkring i hyrd frack från den ena middagen till den andra och besvarade alla tal som hölls för honom, hans fru och hans fädernesland. "Jag tar min uppgift med ro", skrev han hem till vännen Werner Söderhjelm, "är döv till förfärlighet och fåmäld, men kysser fruarna på handen och friserar mina mustascher som en dragonkapten."

En kväll deltog han i en skandinavisk fest i Architektenhaus på Wilhelmstrasse. Med på festen var också medicinarstudenten Axel Tagesson Möller från Jönköping och dennes bror. Frampå småtimmarna kom samtliga i mycket upprymd stämning, berättar Möller i sina minnen. Hos Tavaststjerna tog sig detta uttryck i "hälften melankoli, hälften livlighet, ja, obehärskad häftighet. Han var en liten, väl soignerad herre med ett litet, välklippt spetsskägg och finskt väsen."

Efteråt vandrade de hem i natten till Möllers bror, där Tavaststjerna skulle få sova över.

"Mitt på Wilhelmstrasse konstaterade vi plötsligt med skandinavisk enighet, att vi skulle ge mycket för att få litet sillsalat *just nu.* 'Sillsalat', hickade Tavaststjerna, 'var det någon av herrarna, som sa sillsalat? Det bär jag alltid på mig.' Och så dök han ned med handen i sin frackficka och håvade upp ett litet bleckmått med sillsalat, vilken vi på stående fot delade."

Hemma hos brodern förtärde de ovanpå detta en kall gås och gick omsider till vila. De båda studenterna sträckte ut sig på var sin bänk, men Tavaststjerna insisterade på att *stå* och sova. "Han ställde sig med finsk envishet bredbent mot en vägg och somnade som en häst, i sömnen automatiskt balanserande för att inte ramla omkull. Hur länge det varade, hindrade mig mitt eget avsomnande att konstatera."

I mitten av januari återvände han till ensamheten och kölden i Björneborg, medan hustrun stannade kvar i Berlin. Vid den tiden fyllde Zacharias Topelius åttio år, och Tavaststjerna skrev två långa dikter som hyllning till "Finlands ädle, store svenske finne". Alla festligheterna kring födelsedagen knäckte emellertid Topelius hälsa, och i mitten av mars dog han.

Därmed övertog Tavaststjerna platsen som den främste bland de finlandssvenska diktarna. Han började skriva på en nekrolog över Topelius, men kom inte långt. Han var själv sjuk och måste föras till sjukhus, där man konstaterade lunginflammation. Medan han ännu talade om sin ungdom och sin längtan att "åstadkomma någonting stort och vackert", förvärrades tillståndet. Den 20 mars dog även han, trettiosju år gammal, bara en vecka efter Topelius.

Bland hans efterlämnade papper återfanns ett tackkort från Topelius med anledning av de båda hyllningsdikter som Tavaststjerna ägnat honom.

"Min käre yrkesbroder!" hade Topelius skrivit. "Jag sänder dig, sent och kort, men med gott minne, min uppriktiga tack för tre hågkomster: den friska, anslående lille Karl, den vackra prologen vid festen d. 22 jan. och slutligen den högstämda dikten i Ateneum. Jag mäktar icke med lovorden: det är takdropp, när solen skiner på vintersnön. Men det gläder mig, att du velat vara med ditt land, och din sångmö har, nu som förut, glatt många. Fortfar att kvarstå med rötterna i ditt land och sjung, som jag, intill sena hösten om eviga vårar!"

Tavaststjernas bortgång var ett hårt slag för det svenska Finland. Trots sina många originella lynnesdrag hade han varit omtyckt. Saknaden efter honom blev djup. "En sällsam blandning av motsatta egenskaper var hans väsen i yttre måtto som i inre", summerade Werner Söderhjelm, "och föga liknande han mängden."

III

I januari fyllde jag år och uppvaktade mig själv med en födelsedagsvers.

> Vid mitten av min levnads vandring
> jag fyller trettifem,
> ja, fem och tretti långa år —
> Jag ser tillbaks på dem.
>
> Jag ser tillbaks på livets stig
> som Dante gjorde före mig.
> Jag tänker uppå allt jag gjort
> och på att tiden gått så fort.
>
> "Han som till vän haft mig, men lyckan ej"
> — ja, så uttryckte Beatrice sej
> när hon av Dante gjorde ett porträtt
> i Inferno, andra sången, versen sextiett.
>
> Vid tanken därpå suckar jag
> extra djupt just denna dag —
> ty jag har min, ty jag har min
> Beatrice också jag...

Hur många år sen är det? Nio?
Ack! Man kan ej ödet lura!
Minns hon mig än, *"l'amico mio,
e non della ventura"*?

Själv minns jag allt vad skönt jag drömt
men mycket annat har jag glömt,
och snön den dalar bit för bit
och färgar staden vit.

Vinter är det — januari —
men det går mot vår.
Raska steg i snön det tar vi
medan tiden går.

Och glad i sitt sinn' bör man va', inte sant,
och tryggt till Försynen lita
om än vägen tycks oss brant
"nel mezzo del cammin di nostra vita".

Den dikten skrev jag när jag fyllde trettiofem år, samma ålder som Dante hade när han påbörjade sin vandring i "Den gudomliga komedin", den som börjar så: "På halva banan av vår levnads vandring jag fann i dyster skog mig vilsekommen". Man kan lägga märke till att jag i denna dikt tagit mig vissa poetiska friheter som gjort att jag avvikit från sanningen. *Hur många år sen är det? Nio?* skriver jag, men svaret på den frågan måste bli nekande, för det är inte nio år sedan. Det förstår alla som läst det föregående i denna bok, att när jag säger: *ty jag har min Beatrice också jag,* så syftar jag inte på någon annan än henne som jag har kallat Angelica. Och jag har kallat henne så på grund av hennes likhet med de kvinnogestalter som målades av Fra Angelico i samma Florens där Dante hundrafemtio år tidigare brann för sin Beatrice.

Men om jag skrivit: *Nio* (i stället för fyra, som hade varit det rätta), så bör man se det mot bakgrunden av att Dante återsåg Beatrice nio år efter det att han sett henne för första gången. Han säger i sin "Vita Nuova": *Sedan, när så många dagar förflutit, att just det nionde året gått till ända från denna ljuva flickas första uppenbarelse för mig, som jag redan berättat om, hände det, att jag på själva årsdagen fick se denna beundransvärda unga flicka på nytt...* Man kan tolka det så, att jag, när jag låtsar att det gått nio år, uttalar en förtäckt önskan om att den dagen vore nära då också jag finge återse min älskade.

Denna dikt sönderfaller i tre delar. I den första berättar jag, att jag fyllt trettiofem år och att jag vill kasta en blick tillbaka på mitt liv. I den andra återger jag Beatrices ord om Dante och avslöjar att också jag har en Beatrice, även om jag inte nämner hennes rätta namn. I den tredje talar jag om nuet och hur man bör förhålla sig till framtiden. Den andra delen börjar: *Han som till vän,* och den tredje: *Själv minns jag allt.*

När jag så hade uttryckt mitt vemod över att ha

nått halva banan av min levnads vandring, kände jag mig lättare till mods och återgick till mina vardagsgöromål. Dessa bestod då i att förbereda en ny resa till Paris. Jag sorterade mina anteckningar och böcker och lade fram vad jag behövde ha med mig för mina studier på Bibliothèque Nationale. Det var en mild januari och det snöade inte ofta, men när det gjorde det kände jag mig poetiskt stämd och drömde mig tillbaka till tiden tillsammans med Angelica. Jag hade inget annat som upptog mina tankar, så när jag vilade från mitt arbete, vände de tillbaka till henne.

En morgon, när jag satt vid mitt fönster och såg snön sakta falla, upplevde jag i fantasin en av våra lyckliga stunder på nytt; och jag såg den så tydligt för min inre blick att jag fick lust att berätta om den i en dikt. Det är den dikten som börjar: *En vind kommer in*.

> En vind kommer in från Ålands hav
> och rör vid hennes hår,
> som glänser svart i solen
> och svallar när hon går.
>
> Den griper tag i kjolen,
> den smeker hennes kind
> och far sen in mot Tavastland,
> denna sommarvind.

Så tysta trädens kronor blev —
och luften blev så varm
i parken framför Åbo Slott,
där vi gå arm i arm.

Vi vandrar ner till hamnen,
där ligger Bore II.
Jag tar min vän i famnen
och säger sisom så:

"Jag reser bort med denna båt,
ty pengarna är slut,
men kommer väl tillbaka snart
som jag har gjort förut."

Och där går jag ombord minsann,
jag vinkar åt min vän
och glider ut på Ålands hav.
"Farväl! Vi ses igen!"

Så var det då. Ett par år därefter fann jag "i dyster skog mig vilsekommen".

Men hur, frågade jag mig, då jag redan satt på ett café i Paris och såg kajerna och hustaken ligga vita, täckta av tunn snö, hur kom jag in i denna dystra skog? Det mindes jag lika dåligt som Dante. "Jag kan ej tälja rätt, hur dit jag inkom", säger Dante, "så tyngd av dvala var jag i den stunden, då från den rätta vägen jag mig skilde."

Jag beställde en kopp kaffe och försökte trots allt

komma ihåg. Men det enda som dök upp i minnet var en flygdröm jag hade haft som barn. Denna mycket livfulla dröm, som jag på småbarns vis inte skilde från verkligheten, gick ut på att jag svävade nedför trappan som ledde från övervåningen till undervåningen hemma. Sittande på huk svävade jag på cirka en halv meters höjd. Det var en lek, och det var ingenting som hände av sig självt, det var något som jag åstadkom genom att försätta mig i ett visst mentalt tillstånd. Drömmen kom ofta tillbaka och jag minns den tydligt. Men hur jag bar mig åt för att försätta mig i rätt tillstånd, det minns jag inte. Ack, vart tog min flygförmåga vägen, frågade jag mig där jag satt och såg ut på den snöiga Seinekajen. Borta, också den.

Jag försökte tänka vidare. Och blev plötsligt sömnig.

Jaha, det kände jag igen. Det hände inte sällan att jag blev oresonligt sömnig när jag försökte tänka. Det skedde alltid när jag var något viktigt på spåren; så fort jag närmade mig någon hemlighet som rörde mig själv, så var det som om en annan del av mig värjde sig med alla krafter...

Jag betalade och gick ut. Det doftade snö. Floden var grötig av snösörja. Jag stoppade händerna i jackfickorna och började gå, tyngd av dvala, mot Café Henri IV...

Dagarna gick. Jag tog mig en dusch varje morgon, åt frukost, borstade tänderna, arbetade, träffade folk och pratade strunt som om allt var i sin ordning. Det var som i den berömda schlagern av Hoagy Carmichael: *I get along without you very well, of course I do...* Men det magiska skimmer, som omgett tingen en gång, var borta.

Tidigare hade jag köpt chokladaskar och karamellburkar som bar hennes namn. Jag åt varken choklad eller karameller, men jag köpte dem ändå. När jag gick bort brukade jag ha med mig en ask marmelad av märket "Angelica". Sådant hade jag försökt sluta med.

Jag ägde också en skiva med den finska sångerskan Anneli Sari, som jag köpt för omslagets skull. Det upptogs av Anneli Saris vackra profil, som jag tyckte liknade Angelicas intill förväxling. En gång visade jag det för en vän som visste att jag hade en käresta i Finland. "Ungefär så ser hon ut", sa jag, "det är en förbluffande likhet." Och min vän blev imponerad. Jag skickade också vykort föreställande ett av Ernst Josephsons kvinnoporträtt som påminde mig om Angelica; jag skickade det där kortet till alla mina vänner i ett par års tid. Med jämna mellanrum vandrade jag till Konstmuseet och köpte en bunt. Det hade jag också försökt sluta med.

Och nu var våren på väg igen. Snön försvann på ett par dar, det droppade från tak och rännor, och på de första trottoarborden utanför caféerna satt de första turisterna med vita ansikten och svarta kameror och drack kolossala sejdlar öl. Seine steg. Pilträdet som står ytterst på Citéöns spets hade vatten en meter upp på stammen. Det är det träd som grönskar först av alla i Paris, och en dag i början av mars, när jag kom från Louvren ner till Seinekajen, stod det där med en nästan omärklig skir grönska. Mot alla gråa och vita husfasader, gator och broar stod trädet där i vattnet med sin boll av grönska och förkunnade att våren var på väg.

För övrigt levde jag ett behagligt liv i Paris. När kvällen föll tändes ett hav av gröna läslampor inne i Bibliothèque Nationale. Då brukade jag packa ihop mina böcker och bege mig ner mot Seinestranden, där det var så vackert just i skymningstimmen, *l'heure bleue*.

Jag gick in på ett café som var känt för sina goda viner. På spegeln på kortväggen satt ett plakat med en målning av en lättklädd kvinna och några blommor i ljusa färger, och runt kvinnan hade caféägaren skrivit en dikt som hyllning till den nya beaujolaisen. Jag tog ett glas av detta vin och såg genom dörren himlen djupna över Seine och stjärnorna titta fram. Sedan vandrade jag vidare. Det var snart dags för middagen, och det var alltid en högtidsstund.

I sällskap med min bror steg jag in på en liten restaurang i Montparnasse.

"Har mina herrar beställt ett litet bord?"

"Ja, vi var inne och pratade med Madame i förmiddags."

Krogvärden, *le patron,* visade oss till vårt bord,

satte matsedeln i händerna på oss och log förväntansfullt.

"Alla våra läckerheter står där!"

Han frustade av stolthet och pekade längst ner på matsedeln, där dagens specialiteter stod skrivna för hand.

Vi beställde.

"Och så det där goda vinet från Poitou."

"Ah! Det är slut, min herre."

"Slut?!"

Min bestörtning gjorde intryck på honom.

"Det är slut, och under nästa år kommer jag knappt att ha något alls! Skörden har slagit fel, och de har bara fått tjugo procent av vad de fick förra året."

Han ryckte upprepade gånger på axlarna, svettades och såg olycklig ut.

Jag tittade förvirrat i vinlistan.

"Men ta en liten Saint-Pourçain i stället, den är inte dålig.

"Inte det?"

"Inte dålig alls."

"Gott. Låt oss ta en sådan."

Läsesalen i Bibliothèque Nationale är med rätta berömd. Sju meter höga bokhyllor täcker väggarna; där ovanför sitter gamla blekta väggmålningar och i taket nio kupoler med matta glasfönster som släpper in ljus. Den är hög som en katedral och har plats för trehundrasextio läsare, en blandad skara bestående av äldre mustaschprydda fransmän i mörkblå paletåer, vilka prydligt vikes ihop och lägges på bordet bredvid bokhögarna, amerikanska professorer i manchesterkostymer, unga bildsköna studentskor, flitiga japaner, araber, skandinaver...

Nära biblioteket ligger ett enkelt och trevligt café där jag brukade äta en smörgås och dricka en kopp te mitt på dagen. Jag var i allmänhet ensam och hade därför med mig en bok som sällskap.

Detta roade kyparen: "Professorn! Välkommen, professorn", utropade han ironiskt, när jag steg in genom dörren. "Varsågod och sitt, professorn!" Jag log tålmodigt, satte mig och beställde.

En dag hade han ändrat attityd. "Vad får det lov att vara chefen?" sa han vänligt. Jag måste ha sett förvånad ut, för han började förklara. "Chefen — ni! Chef för biblioteket, haha!"

Det är ju så att när en fransman i enklare ställning vill skämta med någon av sina likar, så kallar han honom för chefen. Man kan ständigt se detta upprepas på franska caféer: någon kommer in, sträcker fram handen till den yngste kyparen och säger: "Goddag, chefen!" Och kyparen är med på noterna, han skrattar och svarar: "Vad får det lov att vara, chefen?"

Jag beställde te och smörgås som vanligt, och när kyparen kom och dukade fram, passade jag på:

"Tack, chefen!" sa jag skämtsamt.

Han blev ett enda soligt leende, torkade av bordet, hällde upp teet åt mig och blinkade samförstånd. "Varsågod, chefen", skrockade han.

Sista dagen i Paris unnade jag mig en verkligt god lunch. Jag gick till restaurang Polidor. Nu ska jag ta det jag tycker bäst om, tänkte jag när jag hade satt mig. Servitrisen, som kände igen mig, klagade på att det var för mycket folk där; påskturister fyllde lokalen. Jag beställde *crudités,* råa grönsakssallader, som förrätt och sedan en *boeuf bourgignon.*
"Och att dricka?"
En halvbutelj Beaujolais-Villages och en kvarting vichyvatten. Bredvid mig satt ett italienskt fruntimmer med sin dotter, en söt rödhårig flicka med gröna ögon. Maten och vinet smakade utmärkt... "En dessert, monsieur?"
"Ja... Vad har ni för tårtor i dag?"
"Jordgubbstårta, blåbärstårta, citrontårta..."
"Citrontårta."
Det var den jag tyckte bäst om. Den smakade också utsökt, som alltid, och när jag betalat och gick därifrån mådde jag förträffligt. Kaffet drack jag på ett café vid Place St. Michel. Solen sken, det var en härlig vårdag i Paris. Innan jag steg på tåget tog jag en liten calvados vid en bardisk. Det tyckte jag hörde till. — Adjö! Där for jag hem med Nordexpressen.

IV

Vid midsommartiden tänkte jag som vanligt på henne. Det var fem år sedan jag mötte henne och dessa fem år hade förgått som en dröm. Jag tänkte ännu på mina närmaste och mig själv som vi var innan dess, när jag var tjugonio år. Jag blev förvånad när jag i min mors ansikte såg rynkorna som kommit under de sista åren och förvånad då jag i spegeln upptäckte de första gråa hårstråna vid mina egna tinningar. Tiden hade gått; jag hade inte varit med.

Det hände ibland, regniga dagar, att jag ville bli påmind om den där sommaren och om hennes anletsdrag som jag nu aldrig såg och som mina amatörfoton inte alls lyckades återge. Insvept i min regnrock och med min särskilda regnkeps på huvudet skyndade jag då över Götaplatsen och uppför den långa trappan till Konstmuseet, betalade en krona i inträde och fortsatte andaktsfullt de två trapporna upp till Fürstenbergska galleriet. Där hänger en liten tavla, som är min favorit i detta museum, Ernst Josephsons porträtt av fru Jeanette Rubenson.

Hon sitter framför ett verandafönster en sommardag milt leende och virkar. Ernst Josephson målade detta i sin barndoms trakter på Dalarö. Han skulle aldrig göra någon ljusare och lyckligare målning. Genom fönstret bakom modellen ser man en solig trädgård med en glittrande björk, ett hustak, ett stycke blå himmel. "Mot denna utsikt (skriver Per-Olov Zennström i sin bok om Josephson) sitter en ung husmor som tagit upp virknålen, en mörk judisk skönhet, med en fuktig glans i blicken, tunga gyllene smycken mot en violblå bomullsklänning med påsydda ganser som ett orientaliskt ornament i ljusrött, och ett leende — lätt som vindilarna därutanför, strålande som högsommarfägringen, milt som den rena, svala luften på verandan."

Framför denna lilla tavla brukade jag bli stående länge orörlig. Jag kände igen Angelicas leende i det fint tecknade ansiktet, hennes varma blick och vackert välvda ögonbryn.

Dessemellan fick jag nöja mig med den bleknade bild jag bar i mitt hjärta. Åren hade tagit på den. Att hållas fången av en bleknad bild är mera plågsamt än angenämt och jag intalade mig till sist att endast verkligheten skulle kunna befria mig. Det var nödvändigt att åka till Finland igen och träffa henne en sista gång. Du kommer att inse att allt det där tillhör det förgångna, sa jag till mig själv, ni tar farväl som vänner, inte utan vemod visserligen, och du sätter punkt.

Och jag åkte.

De hade ändrat om Kapellets självservering. Förr

var det så trevligt med den där disken, där man fick hämta öl och smörgåsar, och borden och stolarna var enkla och bra. Nu stod där mjuka soffor i hörnen och ett stort bord med kaffebröd mitt på golvet. Kaffetanter, turister och skolungdomar hade trängt ut den gamla publiken. Det var sorgligt att se.

Jag gick direkt till telefonstationen i Helsingfors och ringde till Angelica. Vi bestämde att träffas i Åbo följande vecka. Sedan fortsatte jag till restaurang Kosmos och tog en öl. En gammal kompis satt där, och jag bytte några ord med honom. Det var fyra år sen sist.

Jag skakade hand med Katri, hovmästarinnan, på vägen ut.

"Tänk att det är fyra år sen jag var här sist", sa jag. "Det är trevligt att se er igen."

"Trevligt att du kommer ihåg oss", sa hon.

Jodå, jag kom ju ihåg dem mycket väl allesammans. Servitriser, rockvaktmästare, stamgäster, bord, stolar, väggklockan, gardinerna, lampkronorna, smaken på ölet och vodkan och alla långa eftermiddagar som fördrivits på denna krog, allt detta kom jag ihåg mycket väl.

Men en hel del annat hade jag glömt. Jag vandrade Helsingfors gator, förvirrad över att staden tycktes livlös när inte Angelicas närvaro besjälade den och besviken på mina minnen som inte kunde återuppliva den. Jag vankade vilsen genom Hesperiaparken, där lönnarna stod gula och löven dalade och restaurang Töölönranta var stängd för vintern.

Lyckligtvis fann jag en förevändning att åka från stan tidigare än planerat. Tavaststjerna var född och uppvuxen i trakten av St. Michel i Savolax och hans barndomshem Annila ligger ännu kvar där, vid Saimens västra strand cirka tjugofem mil från Helsingfors. Tåget dit gick klockan fem och jag var med.

Det var lördagskväll och köer utanför restaurangerna och hotellen runt det stora torget i St. Michel. Jag stod vid fönstret i hotell Kaleva och såg på tonåringarna som drev i klungor mellan korvkioskerna. Här i staden hade Tavaststjerna gått i skola. Han var en celebritet redan som yngling: om det har Hilma Pylkkänen, också hon från St. Michel, berättat. Det ordnades en julbal i hennes hem när hon var elva år, och hennes bror, som gick i stadens svenska lyceum, hade förutom klasskamraterna bjudit några av de stora pojkarna, "bland dem Paukkulageneralens son, Karl August Tavaststjerna, en medellång blond yngling, för vilken stadens flickor i hemlighet svärmade. Inte precis för hans yttres skull, han var ingenting att titta på, men emedan han ansågs vara stadens kvickhuvud och hade ett så 'gentilt sätt', hette det. Jag pöste av lycka då han dansade en fransäs med mig, och jag skrattade pliktskyldigast åt de spydiga anmärkningar han gjorde om ditt och datt, utan att begripa vad han egentligen menade."

Nästa dag gick jag de fem kilometerna till Annila söder om staden. Jag hittade gården, den såg gammal ut och låg vackert. Tavaststjerna har själv skrivit om denna trakt i *Lille Karl:* "Det var otänkbart att det någonstans i världen skulle funnits härligare utsikter, högre luft och mera blåa sjöar. Men framför allt var det otänkbart att det fanns ett rikare och större gods än Annila, hans fars egendom på några hundra tunnland."

Nu fanns där också några nybyggda baracker, som hyrdes ut till turister. Man skulle kunna åka dit på sommaren, tänkte jag, och ta in där några dar, titta på omgivningarna och bada i sjön. Men det blåste kallt, och jag vände tillbaka.

Jag måste också berätta, att en kväll i Helsingfors hade jag varit hembjuden till några vänner och där blivit presenterad för en ung kvinna. Efter en stunds konversation insåg jag till min häpnad att hon kunde ha varit Angelicas dubbelgångare, fastän blond och blåögd. Vi diskuterade kultur och politik, och hon fick samma bekymrade rynka mellan ögonbrynen som Angelica. Jag berättade en rolig historia, och hon skrattade och ruskade på huvudet så att en hårslinga föll ned över ögat: det kände jag också igen. När jag sedan frågade henne var hon kom ifrån berättade hon, med Angelicas älskade gester och tonfall, att hon kom från just den landsända som jag misstänkte — Angelicas trakter — och att hon tillhörde samma finlandssvenska borgarstånd som hon. Så enkelt var det.

Men jag blev häpen.

Jag minns emellertid första gången jag såg Angelica. Hon stod i en bullrig matsal full med folk och jag lade märke till den aura av stillhet som omgav henne. Tankfullhet, drömmerier kanske, men jag uppfattade det som stillhet. Det var nog den stillheten, mera än hennes profil, som fick mig att associera till Fra Angelico. Den inåtvända blicken, de försiktiga, dröjande rörelserna, som hos någon som kommit långt ifrån och inte känner sederna på en främmande plats — det var detta som fångade mig.

Så stod jag åter framför informationskiosken på Åbo salutorg och frågade efter ett lämpligt hotell och flickan i luckan rekommenderade Keskushotelli, som jag väntat att hon skulle göra, och jag vandrade dit i duggregnet. Jag fick ett rum med gula väggar och gul säng, duschade, bytte skjorta och väntade på att klockan skulle bli fem i tolv. Klockan tolv skulle jag åter möta Angelica på Domkyrkans trappa.

En röd Saab stod parkerad framför trappan. Karlar i blåställ bar plankor ut och in genom kyrkporten, reparationer pågick. Jag ställde mig högst upp på trappan och såg ut över staden: trafiken var livlig över Domkyrkobron. Träden längs Aura å stod höstgula. Och det duggade, som sagt.

När jag långsamt gick nedför trappan igen, öppnades en dörr i den röda Saaben och en kvinna sträckte sig ut och vinkade. Jo, det var hon. Hon hade klippt håret. Jag skyndade mig ner, hennes ansikte verkade fylligare när det inte inramades av massor av svart hår. Men att hakan var så spenslig och spetsig, att munnen egentligen var så liten och näsan så smal, att ögonbrynen var så breda och ögonen så stora, det hade jag aldrig tänkt på förut. Det var ett bysantinskt ansikte, det insåg jag nu. Jag satt i bilen och kramade om henne, försiktigt, det var flera år sen vi hade setts sist.

Hon körde gator som jag inte kände igen. Hon ville att vi skulle äta lunch på en kineskrog, där jag aldrig hade varit. Det var tomt på krogen, ett bambuförhänge dolde ingången och drakar stirrade på oss från väggarna. Vi åt soppa med små kinesiska porslinsskedar, och min hand darrade. Konversationen blev trög. Jag föreslog, att när hon var klar med sitt arbete skulle vi träffas på mitt hotell. Det gick hon med på.

Strax efter fem kom hon, jag tände min bordslampa, och medan det skymde utanför fönstren talade vi om åren som gått, och allt kändes som förr. Vi gick inte ut förrän sent, och då till Bragekällaren. Det duggregnade. Jag hade en ganska lustig hatt på huvudet — min regnhatt. Nästa förmiddag, det kom vi överens om, skulle hon hämta mig på hotellet.

Oturligt nog steg jag upp för sent för att få någon frukost. Sedan kom Angelica och föreslog att vi skulle åka till Nådendal. Gärna det, jag hade aldrig varit i Nådendal, och i dag sken solen. Vi parkerade inte långt från hamnen bredvid en höstlig park och gick först och tittade på kyrkan, som var stängd. Den var stor och grå med svart tak. Jag hade inte fått någon frukost som sagt, och kaféerna där nere vid båthamnen hade slagit igen för vintern. Som tur var hittade vi en pub där vi fick te och smörgås. Sedan gick vi tillbaka till bilen med parkens gula löv virvlande om benen, ty det blåste, och på andra sidan vattnet syntes president Kekkonens sommarställe.

Vad finns det mera att berätta? Vi åkte och tittade på marskalk Mannerheims barndomshem. Det var också stängt. På vägen dit passerade vi en vägskylt med texten *Mäntyranta*. "Bor han där?" frågade jag skämtsamt, för nu hade jag som sagt fått te och smörgås och kände mig mera uppsluppen. Jag syftade på skidåkaren med samma namn. Angelica förklarade att "mäntyranta" betyder "tallstrand". Hon körde fort, jag tyckte att hon körde alldeles för fort, och hon hade en vit duk om huvudet som fick henne att se ut som en bländande skön zigenerska.

Vi körde omkring i det vackra kustbandet några timmar och sedan tillbaka till Keskushotelli, där vi tog ett ömt farväl. Jag följde henne till bilen, fortsatte ut på stan, men när det skymde satt jag åter på hotellrummet och skrev i min svarta anteckningsbok:

"Den vackra kvinnan som var här nyss, hon har

gått. Jag följde henne till bilen och vinkade när hon körde iväg. Klockan i Åbo Domkyrka slog fyra. Jag vandrade Biskopsgatan fram och tillbaka, varefter jag tog en öl på Olavinkrouvi. Nu är jag på hotellet igen och inandas hennes doft som ligger kvar i rummet. Några svarta hårstrån har hon också lämnat efter sig. Och denna värk i mitt hjärta."

Ett år gick.

Det låg ett skimmer över Aura å, när jag gick i land i Åbo en morgon i början av december. En förvirrande doft av vår fyllde luften, termometern visade tio grader varmt och himlen var blå. Jag hade drömt om en falk under natten. Gång på gång var den nära att sätta sig på min hand... Julhandeln i Åbo hade börjat. Jag köpte bröstsocker på Apoteksmuseet. I Auraån låg några gamla segelskutor; när solen sjönk i Ålands hav lyste himlen eldröd bakom master och rår. Jag stod på åstranden nära Domkyrkobron och beundrade den tavlan. Sedan promenerade jag till mitt hotell, packade min väska och tog en taxi till hamnen. Tre dagar hade gått.

Och sedan blev det jul.

Det var en grå jul, men det skulle bli kallare. Snön kom i januari, och i februari hade vi hela tjugo minusgrader.

Sedan blev det vår i Göteborg, en regnig vår. Mars månad var blöt och trist, och april var nästan värre. Det kom ingen sol och grönska förrän i slutet av maj, och då kom allt på en gång. Dagarna blev varmare, snart var det midsommar. Midsommar igen... Sju år hade gått.